Hôtel du lac

Anita Brookner

Hôtel du Lac

roman traduit de l'anglais par
Solange Lecomte

Succès du Livre

Cette édition de *Hôtel du Lac*
est publiée par les Éditions de la Seine,
avec l'aimable autorisation des Éditions Pierre Belfond.
Titre original : HÔTEL DU LAC

A Rosamond Lehmann

I

En regardant par la fenêtre, on ne voyait rien d'autre qu'un terrain qui se perdait dans le gris. Mais il n'était pas impossible qu'au-delà de ce jardin gris, où ne poussait apparemment qu'une bizarre végétation au feuillage rigide, se trouvât l'immense lac gris dont les eaux s'épandaient, comme se diffuse un anesthésique, jusqu'à son autre rive invisible, et qu'au-delà encore se dressât, sommet imaginaire dont la brochure touristique attestait pourtant l'existence, le pic de la Dent d'Oche, où devait déjà tomber la neige, légère et silencieuse. Car on était à la fin de septembre et la saison était finie. Les vacanciers avaient plié bagage, les prix de séjour étaient réduits et les distractions se faisaient rares dans la petite ville riveraine, dont les habitants, peu communicatifs de nature, devenaient volontiers taciturnes sous l'effet de l'épaisse nuée qui s'abattait parfois sur eux pour plusieurs jours et qui pouvait se lever brusquement sur un nouveau paysage, plein de couleur et de mouvement : bateaux qui filaient à la surface de l'eau, passagers qui débarquaient, marché en plein air, sombres ruines d'un château du XIIIe siècle profilées à l'horizon et, sur les riants plateaux exposés au sud, décor inattendu de pommiers dont les fruits resplendissants semblaient lourds de sens allégorique. Ce pays était, en effet, une terre d'abondance, où l'on veillait sagement à la récolte, où l'on savait prévenir les défaillances humaines et où, seul, le désolant climat restait incontrôlable.

Edith Hope, qui sous un pseudonyme plus aguicheur écrivait des romans sentimentaux, resta un moment debout à la fenêtre, comme si elle pouvait encore parvenir, avec de la bonne volonté, à percer la mystérieuse opacité qu'elle affrontait depuis son arrivée, bien qu'on lui eût promis une atmosphère sereine et revigorante, un climat sans machiavélisme, une ambiance où régnait le bon sens, ou plus exactement le sens pratique — hôtel tranquille, cuisine excellente, possibilité de faire de longues promenades et de se coucher tôt —, bref, un train-train paisible qui lui permettrait, pensait-on, de redevenir elle-même, c'est-à-dire sérieuse et laborieuse, et d'oublier le faux pas lamentable qui la condamnait à s'exiler pour un temps dans cet endroit vraisemblablement désert, à une période de l'année où la lumière déclinait lentement et où elle aurait dû se trouver chez elle... Mais c'était justement son chez-soi, ou plutôt son entourage, qui était devenu soudain inamical. Aussi n'avait-elle pu qu'accepter quand ses proches lui avaient suggéré de prendre de petites vacances et que Penelope Milne, sa voisine et amie, avait proposé de la conduire en voiture à l'aéroport — ce que Penelope avait fait en serrant les lèvres, disposée pourtant à accorder son pardon à condition qu'Edith disparût assez longtemps pour en revenir assagie, mûrie et repentante. Il n'est pas question, bien sûr, qu'on m'absolve ; je ne suis plus une ingénue. D'ailleurs, pourquoi le ferait-on ? Je suis quelqu'un de sérieux, qui aurait dû avoir plus de jugeote ; tous mes amis estiment que j'ai passé l'âge de faire des bêtises ; plusieurs personnes m'ont fait remarquer que je ressemblais à Virginia Woolf ; j'ai une maison à moi, je paie des impôts, je ne cuisine pas trop mal et j'apporte toujours mes manuscrits bien avant la date prévue ; je signe tout ce qu'on me demande de signer ; je ne téléphone jamais à mon éditeur ; enfin, je ne prétends pas être un écrivain extraordinaire, bien que mes livres aient, à l'évidence, un certain succès. Ce mélange d'effacement et de fidélité me caractérise depuis fort longtemps et si j'ai, sans aucun doute, paru ennuyeuse, on ne m'a pas autorisée à changer. Manifestement, la modestie était dans ma nature et ceux qui croyaient me connaître ne tenaient pas à me voir changer. C'est pourquoi il est fort probable qu'après ma cure de solitude et de grisaille (mais pourquoi ce feuillage ne bouge-t-il absolument pas ?) on me permettra de retourner à ma paisible existence et de redevenir celle que j'étais avant de faire cette chose effarante qui, je l'avoue, ne m'a guère préoccupée sur le moment. Malheureusement, elle me préoccupe maintenant. Oui.

Edith finit par tourner le dos à la morne étendue qu'elle voyait à travers la vitre et elle se mit à examiner sa chambre, qui avait une couleur de veau trop cuit : un tapis et des rideaux couleur de veau, un lit trop haut et trop étroit recouvert d'un dessus-de-lit couleur de veau, une petite table austère assortie d'une chaise bien convenable, une armoire exiguë et mesquine, et tout contre le plafond, très loin au-dessus d'elle, un minuscule lustre de cuivre dont les huit ampoules faiblardes émettaient, quand on insistait, un morne scintillement. Par-delà les blancs rideaux empesés qui obscurcissaient encore davantage la lumière du jour, les hautes portes-fenêtres donnaient accès à un petit balcon tout en longueur, meublé d'une table et d'une chaise de fer peintes en vert. Quand il fera beau, se dit-elle, je m'y installerai pour écrire. Avisant alors son sac de voyage, elle alla en retirer deux grandes chemises cartonnées. L'une d'elles contenait le premier chapitre de son nouveau manuscrit, *Sous la lune visiteuse*, qu'elle comptait poursuivre calmement tant que durerait le bizarre intermède qu'était son séjour dans cet hôtel. Mais ce fut l'autre chemise qu'elle garda dans ses mains et ouvrit en se dirigeant d'instinct vers la table pour s'asseoir sur la chaise au dossier raide. Oublieuse du décor, elle décapuchonna son stylo et se mit à écrire.

« David, mon bien-aimé,

« Ambiance glaciale au départ. Penelope filait sur la route en gardant les yeux sur le pare-brise. On l'aurait cru chargée de transporter un condamné du banc des accusés jusqu'à quelque quartier de haute sécurité. Moi, j'avais plutôt envie de parler. Je ne prends pas l'avion tous les jours et les pilules que m'avait données le docteur me rendaient un peu loquace, mais mes tentatives ont été accueillies assez froidement. Elle a pourtant fini par se radoucir quand nous sommes arrivées à Heathrow, elle m'a déniché un chariot à bagages et m'a montré où je pouvais aller prendre un café, puis elle a disparu sans crier gare, de sorte que je me suis sentie dans un état bizarre : je n'étais pas triste, mais un peu exaltée et d'humeur volubile, alors que je n'avais personne à qui parler. J'ai bu mon café, j'ai fait les cent pas, j'ai essayé d'enregistrer une foule de détails pour me conformer à l'idée que les gens se font d'un écrivain (toi excepté, mon chéri, car tu ne penses jamais à ces choses-là) et voilà que je me suis aperçue dans la glace des Toilettes des Dames et que je me suis dit en me voyant un air si convenable : je ne devrais pas être ici, je n'y suis pas à ma place ! Parmi cette foule grouillante, ces enfants braillards et tous ces gens pressés d'être ailleurs, que faisait donc cette gentille personne un peu trop maigre dans son long cardigan, cette femme réservée et inoffensive qui avait de bien jolis yeux, des mains et des pieds trop grands, un cou gracile, cette femme qui ne voulait aller nulle part, bien qu'elle eût promis solennellement de s'exiler pour un mois, le temps qui lui était nécessaire, selon ses amis et connaissances, pour redevenir elle-même ? Je me suis d'abord affolée, car je suis moi-même et j'étais aussi moi-même à ce moment-là, bien que personne ne s'en rendît compte. On a cru que je me noyais, mais je flottais.

« Toujours est-il que j'ai surmonté mon désarroi, non sans difficulté. Je suis alors allée rejoindre le petit groupe qui, de tous ceux qui s'étaient formés, me paraissait le plus sérieux, sachant très bien, sans avoir besoin de le demander, que ces gens ne pouvaient partir que pour la Suisse et, en un rien de temps, je me suis retrouvée dans l'avion, assise à côté d'un homme charmant qui allait à Genève assister à une conférence. Comme il me parlait en long et en large de la Sierra Leone, j'en ai déduit qu'il était médecin et j'en ai fait un spécialiste des maladies tropicales, mais j'ai fini par comprendre qu'il s'occupait de tungstène. Bravo pour les fameux pouvoirs d'imagination du romancier ! Je me sentais tout de même un peu mieux. Il m'a entretenue de sa femme et de ses filles qu'il comptait rejoindre deux jours plus tard, pour passer le week-end en famille avant de repartir pour la Sierra Leone. Puis, presque aussitôt, j'ai constaté que nous étions déjà là-bas (tiens, je dis "là-bas" et non pas "ici"). Le monsieur m'a mise dans un taxi et, une demi-heure plus tard environ, j'étais ici (bon, ça commence à être "ici" plutôt que "là-bas"). Dans l'immédiat, il va me falloir déballer mes affaires, me laver les cheveux et me recoiffer convenablement avant de descendre réclamer une tasse de thé.

« L'hôtel semble à peu près désert. En arrivant, je n'ai vu qu'une minuscule vieille dame au museau de carlin et aux jambes tellement arquées qu'elle ne peut avancer qu'en se projetant de toutes ses forces de droite à gauche et de gauche à droite, mais elle y mettait tant de conviction lugubre que je me suis écartée instinctivement. Elle avait une canne et portait une voilette ornée de petits nœuds de velours bleu. J'en ai fait la veuve d'un confiseur belge, mais quand elle est passée en se déhanchant, le jeune homme qui portait mes bagages lui a adressé un très vague signe de tête en murmurant : "Madame la Comtesse." Encore une fois, bravo pour les fameux pouvoirs d'imagination, etc. ! Quoi qu'il en soit, j'ai traversé le hall si rapidement (comme un courant d'air) que je n'ai rien remarqué d'autre. A première vue, c'est un endroit tranquille et tiède, plutôt spacieux. Quant au temps qu'il fait aujourd'hui, on ne peut rien en dire, je crois, si ce n'est qu'il est calme.

« Je ne cesse de penser à toi. Je me demande dans quel endroit tu te trouves, mais je n'arrive pas très bien à me l'imaginer, à cause de cette ambiance, du décalage horaire, tout minime qu'il soit, de l'effet persistant des pilules et de l'aspect funèbre de tous ces petits arbres. Enfin, ce n'est qu'une façon de parler. Demain, comme chaque vendredi, à la tombée du jour, je saurai que tu vas monter dans ta voiture pour aller à ta maison de campagne. Et, bien entendu, il y aura le week-end, auquel j'essaie de ne pas penser. Tu ne peux savoir... »

Elle s'arrêta d'écrire, posa son stylo, se frotta rapidement les yeux et resta un moment les coudes sur la table et la tête dans les mains. Puis, en clignant les yeux, elle reprit sa lettre.

« Inutile de te dire, évidemment, de faire attention à toi. Tu ne songes jamais à prendre toutes les petites précautions que prennent les autres et je n'y peux malheureusement rien. Amour de ma vie, comme disait jadis mon père à ma mère, si tu savais comme tu me manques ! »

Pendant quelques minutes, elle demeura songeuse, puis elle poussa un soupir et revissa le capuchon de son stylo. Du thé, se dit-elle, c'est du thé qu'il me faut. Ensuite, une balade, une très longue balade le long du lac. Au retour, je prendrai un bain et je mettrai ma robe bleue pour être en mesure d'entrer dignement dans la salle à manger, ce qui ne va jamais de soi. Il restera à surmonter l'épreuve du repas, ce qui me prendra un certain temps, puis je serai obligée de demeurer au salon et de faire la conversation à quelqu'un, peu importe à qui, même s'il s'agit de la dame au museau de carlin. Mais, comme j'ai besoin de me coucher tôt, la corvée ne durera pas longtemps. Je me sens déjà épuisée. Aussitôt, elle se mit à bâiller si fort que les larmes lui vinrent aux yeux. Et, finalement, elle se leva.

Il ne lui fallut que quelques minutes pour défaire ses bagages. Par superstition, elle laissa la plupart de ses vêtements dans sa valise, comme pour se prouver qu'elle pourrait repartir au besoin en un temps record, mais elle savait parfaitement qu'elle n'en ferait rien et que ses affaires seraient toutes froissées. Finalement, c'était sans importance. Sa brosse à cheveux et sa chemise de nuit prirent le chemin de la salle de bains. Elle s'efforça de se faire belle, mais cela ne parut pas servir à grand-chose, puis elle quitta la chambre, munie de son sac et de sa clé, et regarda le couloir désespérément vide. La grande fenêtre du palier laissait filtrer une pâle clarté. Les murs semblaient garder, enchâssés comme des reliques, des souvenirs d'anciennes ripailles. Elle crut d'abord qu'il n'y avait personne à son étage, mais elle entendit un peu plus loin, derrière une porte, le murmure d'une radio.

L'Hôtel du Lac (Famille Huber), construction à l'aspect lourd et digne, était un établissement de bon renom, une maison de tradition réservée surtout à des habitués, à des gens circonspects, aisés, retirés des affaires, discrets et respectables, qui semblaient appartenir à une époque révolue. Les propriétaires n'avaient pas fait grand effort pour se mettre à la page et tenter d'attirer une clientèle éphémère qu'ils avaient au fond toujours méprisée. Chez eux, le mobilier était austère, mais solide, le linge immaculé et le service impeccable. Ils méritaient donc l'estime des vrais professionnels et cela leur permettait de prendre à leur service des jeunes gens sérieux qui avaient à cœur de progresser dans l'hôtellerie, mais c'était bien la seule concession qu'ils daignaient faire à ceux qui reconnaissaient officiellement leurs mérites. Car, en ce qui concernait la clientèle, l'Hôtel du Lac allait jusqu'à tirer une sorte de vanité perverse de son manque même de séduction et c'est pourquoi aucun client potentiel ne pouvait, à son arrivée, être rebuté et tenté de fuir en constatant l'exiguïté de la terrasse, le silence trop feutré du hall et l'absence de musique d'ambiance, de cabine téléphonique, de dépliants touristiques proposant des excursions ou d'affiches vantant les agréments de la ville. Il n'y avait ni sauna, ni coiffeur, ni vitrines de bijouterie, évidemment. Le bar était petit et sombre et la sobriété de son décor n'invitait guère les gens à s'y attarder. Cela laissait à entendre qu'il n'était pas *comme il faut** de boire plus que de raison, que ce fût à l'occasion d'un rendez-vous d'affaires ou pour son plaisir personnel, et que le buveur, en cas de nécessité absolue, avait le choix entre son salon privé à l'étage et quelque établissement de moindre distinction où son penchant pour l'alcool ne semblerait pas déplacé. A l'Hôtel du Lac, les femmes de chambre devenaient invisibles à partir de dix heures du matin, heure à laquelle cessaient tous les bruits du ménage : on n'y entendait plus marcher les aspirateurs ni rouler les chariots de linge sale. Et le soir, quand les clients avaient fini de se changer pour descendre dîner, un bruissement discret annonçait la réapparition des jeunes employées chargées de faire la couverture et de remettre de l'ordre dans les pièces. En fin de compte, la seule forme de publicité que la maison se gardait de négliger, c'était celle que lui faisaient, de bouche à oreille, les habitués de longue date.

Ce que l'hôtel avait à offrir, c'était la possibilité de trouver refuge en un lieu où intimité, sécurité et discrétion étaient assurées à la clientèle par son irréprochabilité

* Les phrases ou mots en italiques sont en français dans le texte. (N.d.T.)

même. Mais, comme cette dernière qualité restait sans attraits pour un nombre impressionnant de gens, il était généralement à moitié vide et, à cette période de l'année, en fin de saison, il devait se résigner, avant de fermer ses portes pour l'hiver, à ne veiller au bien-être que d'une petite poignée de personnes. Du nombre de clients, bien modeste, qui étaient venus passer leurs vacances dans ses murs au cœur de l'été, il ne restait que quelques attardés, mais on les traitait avec la même courtoisie, la même déférence que des habitués de très longue date — ce qu'ils étaient aussi, parfois. Il allait de soi qu'on ne cherchait pas à les distraire. On mettait le plus grand zèle à combler leurs désirs et à tenir compte de leurs fantaisies, mais il était entendu qu'ils devaient se conformer aux règles de l'hôtel comme l'hôtel se conformait aux leurs. Quand survenaient par hasard certaines difficultés, on les résolvait discrètement. Sur ce plan, l'établissement avait la réputation d'un endroit où l'on ne risquait guère d'être mêlé à un scandale : ceux que la vie avait malmenés, ou simplement épuisés, pouvaient s'y refaire une santé. Son nom et son adresse figuraient dans les fichiers de quelques spécialistes de la détresse humaine. Certains médecins les connaissaient, de même que bon nombre d'avocats, de conseillers financiers et de courtiers. Mais les agents de voyage les ignoraient ou les avaient oubliés. Enfin, dans les familles qui jugeaient utile d'éloigner périodiquement leurs brebis galeuses, on les conservait pieusement. Et on les passait à d'autres.

C'était, évidemment, un excellent hôtel. Et son emplacement, en bordure du lac, était agréable. Le climat laissait à désirer ; mais, en comparaison de celui de stations analogues, il avait le mérite d'être sans surprises. Les ressources qu'offrait la petite ville n'étaient pas inépuisables. On y trouvait toutefois des voitures à louer et l'on pouvait y faire des excursions, ainsi que des promenades à pied qui, sans être passionnantes, avaient leur charme. Le paysage, le panorama, le décor montagneux étaient, quant à eux, curieusement discrets : ils avaient la pâleur et le flou d'une aquarelle ancienne. Alors que les jeunes de tous les pays se précipitaient vers le soleil et les plages en encombrant les routes et les aéroports, l'Hôtel du Lac s'enorgueillissait tranquillement, parfois même un peu trop tranquillement, de se trouver très loin de la foule bêlante. Car il savait bien que ses fidèles amis ne l'oubliaient pas et que, pour sa part, il était toujours disposé à examiner favorablement la candidature raisonnable d'un nouveau client, à condition que celui-ci présentât les références tacites qu'exigeait un établissement de cette classe, et que la requête eût été transmise à la Famille Huber par quelqu'un dont le nom figurait dans ses archives — lesquelles dataient, pour la plupart, du début du siècle.

Quand Edith se mit à descendre l'escalier aux marches larges et basses, elle entendit fuser un rire de bonne compagnie qui venait, semblait-il, d'un salon où l'on prenait le thé. Elle continuait à descendre en direction de ce rire lorsque s'éleva brusquement un aboiement furieux, aussi perçant que hargneux, qui lui parut de mauvais présage pour sa tranquillité future. Au pied de l'escalier était tapi un tout petit chien qui tremblait d'anxiété et dont les longs poils recouvraient les yeux. Dès qu'il eut constaté que personne ne venait à la rescousse, il recommença à hurler, cette fois de toutes ses forces, comme un bébé qui s'époumone. Il émit enfin un glapissement prolongé, celui d'un être abominablement torturé, et il y eut alors une exclamation : « Kiki ! Kiki ! Oh, le vilain ! » Une femme de haute taille, d'une minceur inimaginable, dont la tête dodelinait à la manière d'un grèbe, sortit précipitamment du bar, se lova au pied de l'escalier, prit le chien dans ses bras, le couvrit de baisers et se délova avec la même souplesse pour presser l'animal sur sa figure comme un coussin, puis retourna au bar. Le directeur de l'hôtel (Famille Huber), apercevant une petite flaque sur la dernière marche, ferma un instant ses yeux horrifiés et claqua rapidement des doigts. Un jeune homme en veste blanche, visiblement habitué à la chose, s'approcha impassible, muni d'un torchon, et le directeur déclara aussitôt à Edith Hope qu'il était consterné du fâcheux incident qui lui gâchait son arrivée, en ajoutant qu'il se désolidarisait des écarts de conduite des bêtes et, plus précisément, de la déraison de ceux qui entretenaient des animaux domestiques. Ces gens-là, il consentait naturellement à les héberger, sans devenir leur complice pour autant.

Que c'est intéressant ! se dit Edith. Cette femme est anglaise. Quelle allure extraordinaire ! C'est sans doute une danseuse.

Elle se promit d'y repenser.

Le salon était plus accueillant qu'elle aurait pu l'imaginer en voyant le décor de sa chambre. Il y avait un tapis d'un bleu profond, beaucoup de tables rondes à plateau de verre, de bons fauteuils et un petit piano droit où un homme d'âge mûr, portant un nœud papillon de confection, jouait de la musique légère, des morceaux choisis tirés d'opérettes d'après-guerre. Après avoir bu une tasse de thé et pris une tranche d'un excellent cake aux cerises, Edith se sentit assez bien pour avoir la force de regarder autour d'elle. La pièce était presque vide. Elle en conclut que la plupart des clients ne rentreraient sans doute qu'à l'heure du dîner. La dame au museau de carlin mâchonnait d'un air lugubre, jambes largement écartées, sans se soucier des miettes qui tombaient dans son giron. Tout au fond, dans un coin, deux ombres masculines chuchotaient. Ailleurs, un couple grisonnant, mari et femme ou frère et sœur, examinait des billets d'avion et la femme, à intervalles réguliers, envoyait son compagnon, qui était loin d'avoir fini son thé, regarder au-dehors si le taxi arrivait. C'était une pièce claire et agréable, mais il y régnait un calme mortel. Edith soupira, résignée à son sort, et elle songea pour se consoler que ce serait là l'occasion pour elle de terminer *Sous la lune visiteuse*, mais c'était une occasion dont elle se serait bien passée.

Quand elle leva les yeux du livre qu'elle parcourait et dont elle n'avait pas enregistré le moindre mot, ce fut pour découvrir avec étonnement la présence d'une personne plutôt charmante, une femme entre deux âges aux resplendissants cheveux blond cendré et aux ongles écarlates, vêtue d'une robe ravissante (et coûteuse) en soie imprimée, qui battait la mesure de sa main avec un sourire de plaisir sur son joli visage et dont l'éclat incontestable attirait manifestement les serveuses papillonnantes et empressées, soucieuses de lui offrir un peu plus de cake, un peu plus de thé. Après les avoir gratifiées d'un sourire chaleureux, elle remercia d'un autre sourire, encore plus chaleureux, le pianiste vieillissant qui se leva dès qu'il eut rangé sa musique et alla lui murmurer quelque chose qui la mit en gaieté. Puis il lui baisa la main et sortit du salon en offrant aux regards un dos raide et étriqué que le compliment reçu faisait littéralement rayonner de fierté. Enfoncée dans son fauteuil, la dame, qui levait sa tasse et sa soucoupe à la hauteur de son menton, buvait son thé avec une certaine délicatesse et avec un sens très sûr de la mise en scène. Elle était vraiment délicieuse à voir, car elle ignorait de toute évidence l'angoisse qu'éprouvent bien des gens dans les lieux publics et elle avait l'air de se sentir chez elle dans cette ambiance, quoique l'hôtel fût aux trois quarts vide.

Comme hypnotisée, Edith continua de la regarder, en regrettant de n'avoir pas remarqué plus tôt sa présence. Elle vit des bagues étinceler quand l'inconnue porta à ses lèvres un délicat mouchoir de dentelle. Elle ne bougea pas après qu'on eut desservi sa table, curieuse de voir ce que l'autre allait faire entre le thé et le dîner pour occuper ce temps mort qui semble toujours si démoralisant quand on débarque dans un hôtel sans y connaître personne et sans être accompagné. Mais, comme il fallait s'y attendre, la dame n'était pas seule. « Me voici ! » chantonna une voix légère, celle d'une jeune personne en pantalon blanc bien étroit (bien trop étroit) qui soulignait un derrière en forme de grosse reine-claude. « Ah, te voilà, ma chérie ! lui cria la dame, qui était sans doute sa mère. Je viens de finir mon thé. As-tu pris le tien ? »

« Non, mais ça ne fait rien », répliqua la jeune fille. Edith se dit alors qu'elle était le pâle sosie de sa mère ou, plus exactement, que les deux femmes avaient dû sortir du même moule, mais que la plus jeune ne semblait pas avoir bénéficié d'une finition aussi parfaite que son aînée.

« Voyons, ma chérie, reprit la dame, il faut prendre ton thé ! Tu dois être exténuée. Appuie sur la sonnette. On peut encore t'en apporter. »

Quand l'une des serveuses s'approcha, elles l'accueillirent ensemble du même sourire charmeur et lui réclamèrent du thé d'un ton suppliant, mais avec l'assurance de femmes habituées à ce qu'on se précipite pour les satisfaire, puis elles se plongèrent dans une conversation apparemment passionnante dont Edith ne parvint à saisir que des bribes et qui était entrecoupée de congratulations mutuelles et de crises de fou rire. Dès qu'arriva le thé, elles tournèrent en même temps leur visage souriant vers la serveuse et, après l'avoir remerciée avec effusion, elles reprirent leur dialogue. Mais, cette fois, la jeune fille se montra plus insistante, comme si elle estimait que son rôle dans le cérémonial avait besoin d'être rallongé. Aussi fut-elle interrompue par un « N'en parlons plus, ma chérie ». Ensuite, la dame en robe de soie s'absorba dans la contemplation de sa fille.

La fille doit avoir dans les vingt-cinq ans, se dit Edith. Célibataire, mais sans souci d'avenir. « Elle n'est pas pressée, devait déclarer la mère avec son beau sourire. Elle est très heureuse comme ça. » Et la fille devait rougir d'un air gêné, ce qui ne manquait sans doute pas d'encourager les suppositions lubriques des messieurs d'âge mûr et de les inciter à s'empresser avec constance auprès de la mère. Il faut que je m'arrête, songea Edith. Je n'ai pas à leur inventer une vie. D'ailleurs, elles se débrouillent très gentiment sans moi. Mais elle ressentit un pincement de jalousie en songeant qu'il existait de pareilles mères, si gaies, si élégantes, si soucieuses de voir leur fille prendre le thé, bien qu'il fût déjà près de six heures du soir. Et elle ne put s'empêcher d'envier aussi la tranquille assurance de la fille, si bien disposée envers l'existence... En outre, ces dames étaient anglaises, quoique d'un genre qu'Edith ne connaissait guère, des Anglaises visiblement fortunées, qui profitaient de la vie et semblaient en avoir l'habitude.

Les deux femmes se décidèrent enfin à bouger et, quand Edith vit la mère s'y reprendre à deux fois pour se lever de sa chaise et la fille tourniquer autour d'elle avec l'air de savoir exactement quand il lui faudrait intervenir, elle constata avec une certaine surprise que la dame avait quelques raideurs du côté des jointures et que l'effet produit par sa maturité resplendissante, si impressionnant vu de loin, disparaissait aussitôt qu'elle était debout. Songeuse, elle se mit à supputer leur âge respectif. Elle avait cru que la mère approchait de la soixantaine et que la fille avait dans les vingt-cinq ans, mais la première devait en avoir près de soixante-dix et l'autre plus de trente. Malgré tout, elles étaient superbes, toutes les deux. Et lorsque la plus âgée, qu'Edith n'avait vue jusque-là que de face et d'assez loin, tourna la tête pour lui adresser un sourire aimable avant de partir, elle en fut secrètement flattée.

Dès lors, il ne lui resta plus qu'à faire une promenade.

Elle traversa le jardin silencieux, poussa un portail de fer, passa de l'autre côté de la route encombrée de voitures et se mit à marcher le long du lac, dans la clarté déclinante de ce jour sans soleil. Dès qu'elle eut laissé derrière elle l'unique carrefour de la ville, elle eut l'impression de s'enfoncer dans un épais silence où il lui faudrait peut-être marcher éternellement, sans s'arrêter, avec ses pensées pour toute compagnie. Cette solitude, à laquelle l'avaient condamnée ceux qui se croyaient plus avisés qu'elle, lui paraissait déconcertante. Il en était de même de la couleur du temps, terne, voilée, discrète, mais hostile : fallait-il y voir une épreuve supplémentaire, imposée à quelqu'un qu'on savait assez imprudent pour partir en voyage sans manteau d'hiver ? Un calme plat régnait sur le lac. La lueur d'un réverbère solitaire donnait aux feuilles molles d'un platane un éclat d'émeraude. Je n'ai aucun besoin de rester ici si je n'en ai pas envie, se dit-elle soudain. Personne ne m'y force, après tout. Mais je veux bien essayer, ne serait-ce que pour faciliter les choses à mon retour. Le pays n'est pas totalement désert et j'ai besoin de repos. Peut-être tiendrai-je une semaine. Il y a sûrement un tas de découvertes à faire pour moi qui suis aveuglée par mes illusions, mais je parie que les gens d'ici n'auront jamais leur place dans le genre de romans que j'écris. A part cette longue personne si mince, la femme au vilain petit chien. Et, mieux encore, ces deux femmes éblouissantes qui paraissent se trouver si bien dans cet endroit. Je me demande ce qu'elles y font. Le problème, c'est que ce sont des femmes, rien que des femmes et que, moi, je raffole de la conversation des hommes. Oh, David, David !

Cette promenade sur la rive du lac lui faisait penser aux déambulations silencieuses des rêves où la folie et la fatalité marchent en se donnant la main. Comme dans les rêves, elle éprouvait tout à la fois un sentiment de désespoir et une espèce de curiosité funeste qui semblait la pousser à poursuivre sa route jusqu'à ce qu'on lui en révélât la destination. En cette fin d'après-midi, sa morosité et ce sentier lugubre lui faisaient présager quelque ennui à venir : une mauvaise nouvelle, une trahison ou, pour le moins, un train qu'on rate, une chance inespérée qu'on laisse passer, une inculpation dont on ne connaît pas le motif. La lumière douteuse qui enveloppait son curieux pèlerinage, cette clarté d'entre chien et loup, était aussi celle des rêves. Mais le monde réel qu'elle traversait continuait à s'imposer par certains détails bien tangibles : le chemin de gravier, parfaitement rectiligne, était bordé par deux rangées d'arbres qui s'enracinaient dans la terre battue et, de l'autre côté du lac qui restait invisible, se trouvait probablement la ville, cette petite ville si convenable qu'on n'y entendait jamais des pneus crisser, des klaxons hurler ou des passants s'interpeller à grands cris sous prétexte de se dire bonsoir. Seule, au-delà des arbres, la rumeur discrète d'une file de voitures qui ramenaient les gens chez eux parvenait aux oreilles d'Edith. Ses propres pas sur le gravier étaient bien plus bruyants, si bruyants qu'elle les trouvait inconvenants et qu'au bout d'un moment elle se mit à marcher sur la terre meuble de la rive. Eclairée de loin en loin par un réverbère, elle continua d'avancer sans s'arrêter, en ayant l'impression d'avoir été abandonnée dans ce pays silencieux. L'air humide et froid montant du lac qu'elle ne voyait toujours pas la fit frissonner dans son long cardigan. Me voilà donc condamnée pour un temps à errer sur la terre, se dit-elle. Déprimée, mais résignée à son sort, elle poursuivit sa promenade. Et quand elle estima que la pénitence avait assez duré, elle fit demi-tour et revint sur ses pas.

De loin, dans la pénombre, elle aperçut l'hôtel, illuminé comme pour de joyeuses festivités. Il faut que je fasse l'effort d'y aller, se dit-elle, tout en songeant qu'à sa place une femme plus mondaine aurait soupiré avec affectation : « Sans doute dois-je faire au moins acte de présence ! »

Le hall silencieux était brillamment éclairé, un murmure venait de la salle de télévision et une odeur de cuisine flottait alentour. Elle monta se changer pour dîner.

A la réception, M. Huber l'Ancien, hôtelier à la retraite, mais toujours en activité, homme bienveillant et gentiment indiscret, jouissait à cette heure-là du meilleur moment de sa journée. Il ouvrit le registre pour contrôler les départs et les arrivées. Les affaires n'allaient pas très fort, bien entendu, à cette période de l'année ; l'hôtel resterait sans doute à moitié vide pendant le dernier mois de la saison. Il vérifia le départ de la famille allemande ; mais, à vrai dire, ces gens avaient quitté l'hôtel en faisant tant de bruit qu'il les avait entendus de son petit salon du cinquième étage. Quant au vieux couple bizarre venu des îles Anglo-Normandes, il s'en était allé après le thé. La conférence qui se tenait à Genève allait peut-être amener un client occasionnel, lequel prolongerait un peu son séjour et ne repartirait pas avant la fin du week-end. Cela mis à part, il n'y avait plus que les habitués : la comtesse de Bonneuil, Mme Pusey et sa fille, la femme au petit chien dont on devait taire le nom, bien que son mari fût dans le Gotha anglais, car le gendre de M. Huber avait reçu des instructions à ce sujet. Ah, une nouvelle venue ! Hope, Edith Johanna. Un nom peu courant pour une dame anglaise. Peut-être n'était-elle pas tout à fait anglaise. Ni tout à fait une dame. Recommandée, bien entendu. Mais, dans ce métier, on n'était jamais sûr de rien.

II

Après avoir changé de tenue — corsage de soie Liberty et escarpins de chevreau moulant ses longs pieds étroits —, Edith se chercha toutes sortes de prétextes pour retarder le moment où elle serait forcée de descendre à la salle à manger et de prendre son premier repas en public. Elle alla jusqu'à écrire quelques paragraphes de *Sous la lune visiteuse*, mais elle se rendit compte en les relisant qu'elle venait d'utiliser le même genre d'expédient que dans *L'Étoile et la Pierre*, et elle dut les raturer. Et, tout en les raturant, elle découvrit la façon de se tirer d'affaire quand elle reprendrait son texte. Dès lors, un peu rassurée à la perspective d'avoir son programme tout tracé pour le lendemain, elle referma la chemise cartonnée, prit son sac et sa clé, et quitta résolument sa chambre.

Quand elle fut dans le couloir, elle entendit encore une fois des bruits de radio venus du même endroit, puis des bruits d'eau dans une baignoire et, soudain, en s'avançant vers le palier, elle perçut les effluves d'un parfum suave, qui signalaient les soins que se prodiguait une personne manifestement désireuse d'être à son avantage. La femme au chien, se dit-elle. Elle va surgir, un peu en retard, dans quelque éblouissante robe de dîner, le ventre plat et l'air dédaigneux, sa petite bête sous le bras. Il faudra que j'essaie d'aller lui parler. Car il n'y aura, se dit-elle encore tristement, rien d'autre à faire de la soirée.

En bas, ne voyant personne, elle comprit qu'elle était descendue trop tôt. Un léger brouhaha venait du bar, où des messieurs poursuivaient une conversation à mi-voix, sans y mettre le moindre accent de gaieté ou de cordialité. Elle songea à entrer prendre un gin-tonic, mais elle n'en eut pas le courage. Elle s'installa donc à l'une des petites tables du salon et s'empara d'un numéro tout froissé de *La Gazette de Lausanne*, que quelqu'un avait abandonné là. Bizarre qu'on ne l'ait pas déjà enlevé, se dit-elle, la maison paraît si bien tenue ! C'est alors que la dame au museau de carlin, qu'elle s'était promis d'aborder poliment si jamais l'occasion se présentait, franchit la porte, vêtue d'une robe noire passe-partout et coiffée, cette fois, à la place de sa voilette aux nœuds de velours bleu, d'une voilette noire semée de quelques fragiles paillettes. « Ah ! » s'exclama-t-elle en levant sa canne. De son côté, Edith brandit *La Gazette de Lausanne* avec un sourire interrogateur. Mme de Bonneuil lui fit un petit signe de tête et se fraya, cahin-caha, un chemin au milieu du hallier que formaient les tables et les chaises inoccupées. Quand Edith se leva pour aller au-devant d'elle, Mme de Bonneuil se mit à avancer à une vitesse surprenante et gagna la course avec trois tables d'avance. *« Merci* »*, déclara la vieille dame en levant à nouveau sa canne. *« Je vous en prie* »*, répliqua Édith avant de retourner à sa place. C'étaient les premiers mots qu'elle prononçait depuis son arrivée.

Bien enfoncée dans son fauteuil, elle ferma les yeux un moment et la panique que lui inspirait la soirée en perspective en profita pour remonter à la surface. De toute façon, elle n'aimait pas aller au restaurant, même quand elle n'y était pas seule. Avec un léger frisson, elle se souvint du dernier repas qu'elle avait pris avant de quitter l'Angleterre. Son agent littéraire, Harold Webb, l'avait invitée à déjeuner, dans la louable intention de lui remonter le moral. Il lui avait assuré qu'il avait confiance en elle, il lui avait même dit qu'il tenait à lui obtenir un à-valoir plus substantiel pour son prochain roman. « L'autre affaire, on l'oubliera vite », avait-il enfin déclaré en allumant un cigare, alors qu'il n'en fumait pratiquement jamais. C'était un homme doux et cultivé, qui ressemblait à un médecin de campagne et qui détestait les obligations mondaines de sa profession, mais qui n'en avait pas moins retenu une table dans un restaurant solennel comme une cathédrale, où les clients avaient l'habitude de se recueillir devant les merveilles qu'on leur servait. Ce jour-là, il attaqua avec beaucoup de bravoure les filets de poisson savamment torsadés qu'on venait de lui apporter et qui étaient apparemment le plat le plus simple du menu. Pendant ce temps, Edith se disait qu'elle avait eu tort de prendre de l'eau Perrier, car son estomac ne supportait pas les bulles. Elle regardait dans le vague d'un air morose. La conversation languissait.

« J'aime bien l'intrigue de votre nouveau livre, dit Harold pour rompre un silence un peu longuet. Mais je dois quand même vous dire que le marché romanesque est en train de changer. Il faut du sexe pour les jeunes femmes d'aujourd'hui, les femmes d'affaires, les lectrices de *Cosmopolitan*. »

N'obtenant aucune réaction, il se mit à jouer avec le minuscule éventail de carotte chantournée qui était posé à sa gauche, sur une petite assiette. Quand il en eut fini, il repartit à l'assaut.

« Qu'emporte donc l'héroïne quand elle part pour Bruxelles en voyage d'affaires ? »

« Pour Glasgow », rectifia Edith.

« Quoi ?... Ah oui, c'est possible ! En tout cas, elle a besoin de quelque chose pour se prouver que c'est formidable d'être une femme libérée. Quelque chose qui flatte son narcissisme si elle passe la nuit seule à l'hôtel. Quelque chose qui reflète son style. »

« Harold, déclara Edith, je ne connais tout bonnement personne qui ait du style. Qu'est-ce que ça veut dire ? Le style, ça implique d'aimer et de garder les mêmes choses pendant des années, mettons cinq ans au moins. Mais, de toute façon, s'il faut vraiment que ce soit une femme libérée, pourquoi ne descendrait-elle pas au bar racoler quelqu'un ? Ça me paraît absolument plausible. Le hic, c'est que la plupart des femmes ne font pas ça. Et pourquoi ne le font-elles pas ? poursuivit-elle avec un brusque regain d'assurance. Parce qu'elles préfèrent les vieilles fables, dès qu'on en vient à l'essentiel. Elles veulent continuer à croire qu'un homme les découvrira, resplendissantes de beauté, derrière des portes closes, au moment même où elles désespéraient de tout, qu'il reviendra du bout du monde en abandonnant ce qui, jusque-là, faisait sa vie, à seule fin de les conquérir. Ah, si seulement c'était vrai ! » Elle se tut, le souffle court ; puis, baissant la tête, soudain songeuse, elle piqua dans son assiette une tranche de kiwi qui resta suspendue au bout de sa fourchette à dessert. Elle fait vraiment très « Bloomsbury* », songea Harold en regardant ses joues creuses et ses lèvres pincées.

« Oh, vous devez avoir raison ! dit-il enfin, craignant de la bouleverser davantage au lieu de l'aider à oublier l'autre affaire. Je pensais simplement que... »

« A votre avis, quelle est la fable qui marche le mieux ? reprit-elle d'une voix légèrement vibrante qui incita son compagnon à faire un signe discret au serveur pour réclamer l'addition. C'est celle du lièvre et de la tortue. Oui, c'est celle que préfèrent les gens, plus spécialement les femmes. Veuillez remarquer, Harold, que dans mes romans c'est toujours la jeune fille effacée, discrète comme une souris, qui conquiert le héros et triomphe

* Quartier de Londres, celui de Virginia Woolf, centre du Londres libéral et cultivé de l'entre-deux-guerres. (N.d.T.)

de la dédaigneuse tentatrice, tandis que celle-ci quitte l'arène, humiliée, sans espoir de renouer une liaison orageuse. C'est donc la tortue qui gagne à tous les coups... Evidemment, c'est de la fiction, précisa-t-elle d'un ton amusé, mais plein d'assurance, sans s'apercevoir que la tranche de kiwi retombait sur son assiette. Dans la réalité, bien entendu, c'est le lièvre qui gagne. A tous les coups. Voyez autour de vous. En tout cas, je soutiens qu'Esope écrivait pour être lu par les tortues... C'est une évidence, s'écria-t-elle encore d'une voix surexcitée. Les lièvres n'ont pas le temps de lire. Ils sont trop occupés à gagner la course. Si la légende dit le contraire, c'est uniquement parce que c'est la tortue qui a besoin de consolation. On dit aussi, pour la même raison : Heureux les doux car ils hériteront de la terre ! » conclut-elle avec un sourire. Puis, après réflexion, elle s'attaqua à ce qui restait dans son assiette, l'expédia d'une seule bouchée et s'appuya au dossier de sa chaise, toujours perdue dans ses pensées.

Il se fit alors la remarque qu'elle n'était pas pour rien la fille d'un professeur, mais qu'on pouvait compter sur elle pour se remettre au travail sans trop tarder et qu'après s'être un peu changé les idées elle reviendrait encore une fois avec un roman sans prétention, mais qui se vendrait bien.

« Naturellement, poursuivit Edith en mettant dans son café une profusion de sucre en poudre coloré comme des sels de bain, vous pourriez me répondre que le lièvre devrait se méfier de la publicité faite par les représentants de la tortue et devenir plus prudent, plus circonspect, plus lent, finalement. Mais le lièvre, convaincu de sa propre supériorité, ne reconnaît jamais la tortue comme un adversaire à sa hauteur. Et c'est bien pourquoi le lièvre gagne... Je veux dire, dans la vie. Jamais dans les romans. Du moins, pas dans les miens. Les choses de la vie sont trop terrifiantes pour avoir leur place dans le genre d'histoires que j'écris. Et mes lectrices n'ont pas envie de les y retrouver. Vous savez, Harold, mes lectrices sont vertueuses, intrinsèquement. Et, en ce qui les concerne — en ce qui *me* concerne —, les jeunes femmes d'affaires qui ont des orgasmes à répétition peuvent bien chercher ailleurs. Je sais qu'on ira au-devant de leurs désirs. Il y a des bonimenteurs sur tous les marchés. »

« Je constate que vous retrouvez la forme », dit Harold en comptant un par un une quantité de billets de banque.

« Merci pour le déjeuner, Harold », lui dit Edith quand ils se retrouvèrent dans la rue bruyante. Mais, à la perspective d'être bientôt privée de ses attentions discrètes et affectueuses, elle se sentit brusquement accablée. Harold était le seul sur qui elle pouvait compter, le seul qui resterait en contact avec elle après son départ. Il était aussi le seul — ou presque — à savoir où elle allait. Malheureusement, il n'était pas le seul à savoir pourquoi elle s'en allait. Elle leva vers lui des yeux implorants, comme pour lui demander pardon de ce déjeuner qui lui avait coûté une fortune et qui le laisserait l'estomac vide en moins d'une heure. Elle, depuis quelques jours, n'avait plus du tout d'appétit et ce qu'elle mangeait ne lui importait guère, étant donné que son propre sort ne lui importait plus. Et, pourtant, elle se rappelait toute cette bonne cuisine qu'elle avait faite pour David, les fritures héroïques et les petits gueuletons qu'elle improvisait pour lui plaire quand ils sortaient du lit à des heures indues, parfois après minuit, car il attendait toujours la dernière minute pour filer vers Holland Park à travers les rues silencieuses. « On ne me sert jamais ces trucs-là chez moi », disait-il tendrement en piquant sa fourchette dans une frite avec laquelle il transperçait le jaune d'un œuf au plat. En chemise de nuit, anxieuse de satisfaire son appétit, elle mettait devant lui une casserole de haricots et le regardait manger. Puis, jugeant qu'il avait encore faim, elle lui servait à la louche une montagne de crème renversée qui tremblotait sur son assiette. « La récompense du héros ! » disait-il avec un soupir de satisfaction. Ce régime extravagant, loin de le faire grossir, n'affectait en rien son grand corps maigre et pâle. « Fameux ! déclarait-il enfin, rassasié, en se renversant sur sa chaise. Tu me donnes du thé ? » Mais, dès qu'il buvait son thé, elle le voyait se hâter, se redresser, faire des gestes plus vifs, plus précis, et quand il passait la main dans ses courts cheveux châtains aux reflets roux, elle comprenait qu'il songeait à s'en aller et que bientôt il se rhabillerait. A partir de ce moment-là, elle ne savait plus très bien qui il était. Ces boutons de manchette et cette montre qu'il récupérait appartenaient à son autre vie. Cela, il le faisait tous les matins lorsque sa femme criait aux enfants qu'ils allaient être en retard. Et Edith finissait par se dire qu'elle le connaissait à peine, bien qu'elle ne le quittât pas des yeux derrière son rideau quand il se précipitait vers sa voiture, démarrait à toute allure et se perdait dans la nuit. Chaque fois, elle se disait qu'il partait pour toujours. Mais il était toujours revenu. Tôt ou tard, il était revenu.

Elle avait eu l'impression de passer toutes ses journées à l'attendre passivement. Et pourtant, cinq romans, assez longs, étaient là pour lui prouver qu'elle n'avait pas passé son temps à la fenêtre, à scruter l'horizon comme la Dame de Shalott. En dépit du travail qu'elle avait accompli, cette existence était celle d'une tortue, elle en convenait. Et c'était parce qu'elle ressemblait aux tortues qu'elle écrivait pour les tortues.

Mais voilà que maintenant j'en suis réduite à ne vivre qu'au royaume des tortues, se dit-elle en ouvrant des yeux effrayés. Le salon était toujours désert, mais un maître d'hôtel parut à la porte, une serviette sur le bras, et sa vue la décida à tenter d'en finir au plus vite avec le dîner, car elle avait envie de se retrouver seule dans sa chambre, pour réfléchir. Je crois qu'à cette heure-ci l'effet des pilules est passé, songea-t-elle en se levant. La tête lui tournait un peu et elle avait mal à la gorge à force de réprimer ses bâillements. C'est l'occasion de montrer que tu as du cran, aurait dit son père. D'un pas résolu, elle se dirigea vers la salle à manger, prête à bien dîner pour reprendre des forces et pouvoir, le plus longtemps possible, envisager la vie raisonnablement.

La salle à manger lui parut, finalement, tout à fait agréable, avec ses longues fenêtres qui donnaient sur le jardin plongé dans l'obscurité, et ses petits bouquets de fleurs sans prétention sur des nappes d'une blancheur immaculée. Mais la pièce était à peu près vide. Une des tables de coin était occupée par quatre messieurs en complet gris qui, apparemment, poursuivaient en sourdine la même conversation que dans le bar. Mme de Bonneuil mâchait avec application, le visage inexpressif, et buvait son vin d'une façon bizarre, à grandes lampées, comme pour se rincer la bouche ; entre chaque plat, elle gardait les mains sur la table, prête à reprendre ses couverts. De loin, Edith pouvait voir qu'elle portait, incrustées dans la chair tavelée de ses doigts, de petites bagues dont l'une, armoriée, était tout usée sur le dessus. La dame au chien avait mis un corsage de crêpe-de-Chine qui pendait lamentablement autour de son long cou et sur ses épaules étroites, et Edith, qui avait imaginé pour elle une entrée spectaculaire, fut déçue de constater qu'elle était assez mal peignée et qu'elle se tenait toute voûtée, assise à l'une des tables voisines, avec un serveur en veste blanche debout derrière sa chaise, impassible et raide comme un valet de pied. Kiki reniflait à proximité de sa maîtresse et celle-ci le prenait de temps en temps pour le serrer contre son visage, un visage qui, Edith s'en aperçut, donnait déjà des signes presque imperceptibles de désintégration finale. Pendant un moment, la dame garda Kiki sur ses genoux et, en balançant sa fourchette, qu'elle utilisait davantage comme ornement que comme instrument, elle donnait l'illusion qu'elle absorbait quelque chose alors qu'Edith se rendait compte qu'elle en faisait glisser une bonne quantité le long de la nappe ; mais, par extraordinaire, les morceaux ne tombaient pas vraiment, car Kiki sautait pour les attraper au vol, un peu comme un phoque savant. Edith comprit que Kiki était une bête inestimable, sur tous les plans. La présence du serveur impassible semblait totalement inutile, mais à un moment donné, sur un signe du maître d'hôtel, il se pencha pour enlever la bouteille de Frascati à moitié vide, puis il l'emporta, d'un pas ferme et décidé, à l'autre bout de la pièce. Quelques secondes plus tard, du même pas ferme et décidé, il revint avec une énorme crème glacée qu'il déposa devant sa cliente, puis il reprit sa place derrière la chaise. La dame au chien tourna alors vers Edith son beau regard solennel et fit une bizarre grimace désabusée avant de baisser à nouveau les yeux sur son assiette. Elle joue la comédie, se dit Edith. C'est sans doute une de ces danseuses, bien trop grandes, qui viennent tenter leur chance à l'étranger, dans les cabarets, puis renoncent à leur métier. Mais pourquoi venir se retirer ici ?

Comme tous les plats qu'on lui servait étaient excellents et bien chauds, elle s'aperçut avec surprise qu'elle retrouvait de l'appétit et qu'elle se sentait de mieux en mieux à mesure qu'avançait le dîner. Redevenue capable d'un peu d'attention, elle regarda autour d'elle, mais il n'y avait pas grand-chose d'intéressant ; les messieurs en gris étaient toujours en grande conversation : deux jeunes couples, qui de toute évidence habitaient la ville et étaient de sortie ce soir-là, occupaient des tables près des fenêtres donnant sur le jardin invisible. Un vieil homme rondouillard — qui était, en fait, M. Huber en personne — semblait bien décidé à surveiller son petit monde sans perdre une bouchée de son dîner et n'avait visiblement aucune peine à mener de front ses deux occupations favorites ; bien que presque tout fût à son goût, il ne pouvait s'empêcher de faire venir la plupart des serveurs, qu'il admonestait avec malice et renvoyait en vitesse vers leurs tâches. C'est la morte-saison, songea Edith, et ça commence à se voir. La dame au chien se leva, trébucha et fit tomber sa serviette. Puis elle ramassa Kiki, tourna son regard superbe vers le garçon en veste blanche qui venait de faire un pas en avant et, poussant un grand soupir, se prépara à quitter la pièce avec solennité. Mme de Bonneuil, les mains sur la table, éructa bruyamment. M. Huber ferma les yeux un instant et, quand il les rouvrit, Edith s'aperçut avec curiosité que l'expression d'une joie séraphique plissait son visage. Elle suivit son regard et comprit ce qui lui arrivait. A l'autre bout de la salle, en dentelle bleu nuit, deux diamants scintillants aux oreilles, l'ensorcelante personne qui avait commandé du thé pour sa fille se tenait hésitante sur le pas de la porte ; après s'être assurée qu'on avait bien remarqué sa présence et qu'elle ne pouvait être que la bienvenue, elle se dirigea gracieusement vers sa table. Vêtue d'une robe noire sans manches, sa fille la suivait en distribuant des sourires à droite et à gauche comme pour répondre aux ovations de la foule.

Voyons un peu, se dit Edith en se versant un autre verre d'eau. Elle savait déjà que ces deux-là faisaient sur elle une impression puissante et indéfinissable, où se mêlaient curiosité, envie, délectation, attirance et peur, cette peur que lui inspiraient toujours les personnes de caractère. Et ces femmes étaient du nombre, incontestablement. On n'en doutait pas un instant, mais leur présence en ces lieux restait une énigme. Elles semblaient promises à un plus haut destin. Cela se voyait à l'empressement des serveurs, qui surgirent de tous les côtés à la fois pour les aider à s'installer, leur tendre des menus et échanger avec elles quelques propos amusés. La dame au chien, presque éclipsée par ce remue-ménage, tourna la tête de leur côté avec une autre grimace indescriptible ; elle venait de croiser les deux femmes, qui avaient fait mine de ne pas la voir. Edith eut à nouveau un frisson d'appréhension, mais elles valaient tout de même la peine d'être regardées : l'une et l'autre étaient de véritables monstres de vitalité. Et elles avaient un charme fou. Non seulement leur aspect était charmant, mais encore leur appétit était splendide. Fourchettes et couteaux allaient bon train au milieu de leur conversation animée et elles engloutirent avec ardeur quatre plats de suite tout en élaborant des projets pour le lendemain. Edith les entendit dire « Pour quelle heure as-tu demandé la voiture ? » et « Maman, rappelle-moi que je dois aller rendre ces chaussures ». Puis, comme le font souvent les femmes voraces, elles se reculèrent sur leur chaise en faisant la fine bouche, à croire qu'elles avaient à peine remarqué ce qu'on leur servait. Des saintes nitouches, songea Edith.

Pourtant, elle ne put s'empêcher ensuite de sortir sur leurs talons, avec la discrétion hésitante d'une humble servante, et de suivre leur sillage embaumé — en découvrant à cette occasion où prenait sa source le parfum suave qu'elle avait senti dans le couloir. Quand elles furent installées dans le salon, elle alla s'asseoir à proximité, comme si leur personnalité incontestable pouvait lui communiquer un peu d'audace et d'assurance. En attendant leur café, les deux dames se mirent à examiner gravement leur visage dans la glace de leur poudrier ; elles firent quelques raccords et leurs lèvres retrouvèrent de l'éclat. Puis celle aux cheveux cendrés leva la tête pour sourire au vieux pianiste qui, revenu avec de nouveaux morceaux choisis, tirés cette fois d'œuvres non précisées, se remit à jouer avec une douce application. « Ah, ce Noël ! s'exclama complaisamment la dame. Autrefois, c'était un vrai génie, que ce garçon ! »

Ce *garçon* ? Edith se dit qu'il lui fallait reviser encore

les questions d'âge, mais avant d'avoir pu le faire, elle vit la fille se lever, lisser sa robe noire sur ses hanches rebondies et s'approcher d'elle. Avec un air railleur, elle pencha vers Edith sa blonde chevelure et son large visage au teint vermeil : « Maman se demandait si vous consentiriez à prendre le café avec nous. »

Et ce fut, bien entendu, la délivrance, le soulagement d'échapper à une soirée de solitude. Edith bondit de sa chaise, suivit la fille et dit à la mère, après un salut courtois : « Que c'est aimable à vous ! Je m'appelle Edith Hope et je viens d'arriver. Je... »

« Je suis Mrs Pusey, dit la dame. Iris Pusey. »

« Ravie de faire votre connaissance. Etes-vous ici depuis... »

« Et voici ma fille, Jennifer. »

Elles s'installèrent et échangèrent quelques sourires prometteurs. Le café arriva. Mrs Pusey se pencha et prit sa tasse. « J'ai dit à Jennifer : va demander à cette dame de se joindre à nous. Je déteste voir quelqu'un rester seul. Surtout le soir. » Elle se renfonça dans son fauteuil. Edith sourit à nouveau.

« Je lui ai dit : elle a des yeux si tristes ! »

III

Le lendemain matin, calme plat.

Edith ouvrit les yeux sur un demi-jour légèrement rosâtre. Elle se redressa avec précaution dans ce lit qui ne lui était pas familier et elle essaya de voir l'heure à sa montre. Elle s'imaginait qu'il était encore très tôt ; elle se rappelait s'être éveillée une première fois et avoir entendu une porte se fermer doucement, un peu plus loin dans le couloir, mais elle constata avec surprise qu'il était près de huit heures ; un fin rai de lumière, glissant entre les rideaux couleur de veau cuit, lui parut apporter la promesse que la journée serait belle. Elle sonna pour avoir son petit déjeuner et se leva pour ouvrir les rideaux ; elle s'aventura sur le balcon dans sa longue chemise de nuit blanche et l'air froid la fit frissonner. Cependant, la brume se levait sur le lac et, devant elle, dans le lointain, apparut une forme gris foncé dont les contours se précisèrent peu à peu : c'était la montagne. Elle baissa les yeux pour suivre du regard un petit bateau qui approchait tranquillement du débarcadère et vit arriver le chef de cuisine, en veste blanche et pantalon de coton, qui venait prendre la livraison quotidienne de perches fraîchement pêchées.

Ce fut le jeune serveur impassible, resté debout la veille au soir derrière la chaise de la femme au chien, qui lui monta son petit déjeuner. Il fit glisser en souplesse le plateau qu'il tenait à hauteur d'épaules sur la table de chevet.

« *Merci**, lui dit-elle, un peu étonnée par le son de sa propre voix, dont elle n'avait plus guère l'usage ces temps-ci. *Il fait froid* ?* »

« *Il a neigé cette nuit sur la montagne** », répliqua-t-il sobrement.

Pour un garçon aussi jeune, il avait l'air de prendre sa tâche terriblement au sérieux. Il devait avoir dix-huit ans à peine et ses cheveux, coupés trop ras, évoquaient des idées de punition. Mais il avait la mine compassée et la compétence d'un employé chevronné, d'un de ces valets de chambre de la vieille école, dépositaire de secrets, ennobli par son propre mérite, digne homme lige de son seigneur et maître.

« *Comment vous appelez-vous* ?* » demanda Edith avec gentillesse.

La main sur la porte, il se retourna pour lui sourire : il avait une dent ébréchée sur le devant et les yeux confiants d'un gamin qui, tout en se consacrant à d'austères besognes, n'en est pas moins heureux d'être traité en ami.

« *Alain*, répliqua-t-il. *Je m'appelle Alain**. »

En buvant son café, Edith repensa à la soirée de la veille. Ma foi, la situation avait évolué, les gens commençaient à avoir un nom. L'ici et maintenant, le quotidien, prenait peu à peu de l'épaisseur. Mais cette constatation la remplit d'une panique absurde, comme si le fait de mieux connaître ce qui l'entourait pouvait donner à sa présence à l'hôtel une quelconque réalité ou validité. Toutefois, son angoisse disparut rapidement, chassée par le souvenir des multiples détails, extraordinaires et divertissants, que lui avait fournis son premier contact avec Iris et Jennifer Pusey. Ou plutôt avec Iris Pusey. Car Jennifer, tout en occupant beaucoup de place et en ayant une présence physique bizarrement pesante, était à tel point le reflet de sa mère qu'elle n'avait pas grand-chose de personnel à dire. A deux ou trois reprises, Edith avait même eu l'impression que, derrière sa grosse tête souriante, Jennifer était ailleurs.

De toute façon, c'était Iris qui tenait le devant de la scène. Iris, sans conteste, était une vedette et, comme beaucoup de vedettes, elle ne pouvait jouer son rôle qu'en position d'hégémonie. Elle s'était arrangée pour tenir Edith en haleine et faire en sorte qu'elle ne pût placer un traître mot sur elle-même. De ce fait, après avoir servi très brièvement d'exutoire à la compassion de Mrs Pusey, Edith était en passe de devenir sa confidente attitrée. Et Mrs Pusey avait un tas de confidences à faire, Edith s'en était rendu compte. Décidément, certaines gens menaient une vie bien compliquée. Iris Pusey prétendait entre autres que son court séjour annuel à l'Hôtel du Lac n'avait qu'un seul but : elle y venait pour faire des achats. Et ce qui lui permettait d'en faire sans problèmes, c'était que son défunt mari avait prudemment déposé certaines sommes dans une banque suisse, sur un compte à son nom.

Tout cela, Edith l'apprit au cours de la première demi-heure passée en compagnie de Mrs Pusey. Il ne leur fallut en effet qu'une demi-heure pour établir les règles du jeu et passer entre elles deux un contrat tacite. Attendu que, grâce à l'attention compatissante de Mrs Pusey, Edith avait échappé à l'affreuse solitude qui la menaçait, elle devait en échange se mettre à sa disposition quand elle n'avait pas d'autre engagement — tout engagement éventuel devant être soumis à un examen rigoureux — et offrir une oreille complaisante aux opinions de Mrs Pusey, à ses souvenirs, ses analyses psychologiques ou ses idées générales sur les petits problèmes de l'existence. Edith accepta le marché assez rapidement, non pas pour échapper à sa triste situation, qu'elle jugeait irrémédiable bien qu'un peu dérisoire, mais pour saisir l'occasion que lui offrait Mrs Pusey d'approcher, d'étudier et d'apprécier une espèce animale inconnue. Car, chez cette adorable femme, que rendait si estimable son désir sincère de capturer les cœurs et qu'obsédait si fort cette féminité qui lui avait procuré jusque-là les plus grandes délectations, Edith décelait avidité, grossièreté et violence. C'était justement ce qu'elle avait perçu de cette volonté de s'assouvir et de triompher à tout prix qui lui avait causé un léger malaise lorsqu'elle avait regardé dîner Mrs Pusey et Jennifer. Et il y avait aussi cet appétit extraordinaire, qui lui avait paru être une menace implicite pour le sien. Mais elle finit par se dire qu'elle se faisait des idées, que c'était ridicule — et virtuellement trop pénible à envisager — et qu'il était bien agréable de prendre le café avec Jennifer et Mrs Pusey en se dorant au soleil caniculaire de leur amour-propre, dont la lumière bienfaisante baignait tous ceux qui gravitaient autour de lui. Edith, à ce curieux moment de sa vie, trouvait quelque chose d'apaisant dans l'existence même de Mrs Pusey, cette femme si aimable, si vorace, si tranquille, si parfaitement satisfaite dans tous ses désirs qu'elle encourageait chez les autres d'audacieuses idées de possession et d'accumulation. Elle était, aux yeux d'Edith, l'incarnation même du type de comportement qu'aucune femme moderne ne pouvait aller jusqu'à approuver, car non seulement elle se prenait pour une vamp, mais encore elle savait apprécier celles qui avaient les mêmes penchants qu'elle (et, du même coup, les écartait). Mais elle était, dans certains domaines, curieusement imaginative et généreuse. Ainsi, elle ne voyait pas dans sa fille une rivale, comme l'aurait fait une femme de moindre envergure, mais la dauphine qu'elle devait habituer au rôle de diva qui finirait par lui revenir en héritage. Il y avait vraiment entre la mère et la fille une intimité physique qui surpassait tout ce qu'Edith avait connu jusque-là ; il y avait aussi de l'amour, de part et d'autre, bien que cet amour parût légèrement irréaliste. En effet, malgré la calme robustesse de Jennifer, robustesse qui confinait à l'opulence, il était clair que sa mère la prenait toujours pour une petite fille. Et Jennifer, sans doute autant par habitude que par affection, continuait à se conduire en petite fille.

Le résultat de tout cela fut qu'Edith s'interrogea de nouveau sur l'attitude qui convenait le mieux aux femmes, question qui était au cœur de ses romans et dont elle avait tenté de discuter avec Harold Webb, question qu'elle avait toujours laissée sans réponse et qu'elle considérait maintenant comme d'une importance vitale. L'exaltation qu'elle ressentait à la pensée d'avoir enfin l'occasion d'étudier le sujet sur le vif n'était nullement tempérée par le fait que tout ce qu'avait dit jusque-là Mrs Pusey était de la plus extrême banalité. Il y avait là, à l'évidence, des abysses qui méritaient qu'on les explorât longuement.

Mrs Pusey avait, fort à propos, ouvert le débat en faisant référence à son mari qui, malheureusement, n'était plus de ce monde, mais qui restait sa source d'inspiration et ne quittait jamais sa pensée.

« Un homme merveilleux, absolument merveilleux », avait-elle précisé à la suite de cette information en serrant discrètement l'arête de son nez entre le pouce et l'index de sa main droite.

« Non, maman, non ! » dit Jennifer d'un ton suppliant, en caressant l'avant-bras de sa mère.

Mrs Pusey eut un petit rire tremblotant. « Elle ne supporte pas de me voir bouleversée, dit-elle à Edith. Voyons, ma chérie, ne t'inquiète pas. Je vais être raisonnable. » Elle prit alors un délicat mouchoir de batiste pour se tamponner les coins de la bouche.

« Mais vous ne pouvez pas savoir à quel point il me manque, confia-t-elle encore à Edith. Il m'a donné tout ce que je pouvais désirer. Les débuts de ma vie conjugale ont ressemblé à un rêve. Il avait l'habitude de dire :

Iris, si ça doit te rendre heureuse, achète ça. Je vais te donner un chèque en blanc. Et surtout ne le dépense pas tout entier pour la maison. Dépense-le pour toi... Mais, évidemment, ma ravissante maison passait en premier. Ah, ce que j'ai pu adorer cette maison ! » A nouveau, le pouce et l'index vinrent s'appliquer sur l'arête du nez.

« Où habitez-vous ? » demanda Edith, consciente de poser là une question d'une platitude incontestable.

« Oh, ma chère amie, je parlais de notre première maison, à Halesmere ! Comme je regrette de ne pas avoir de photos ici ! Une maison d'architecte. Une maison de rêve. Mais il ne faut pas que j'en parle trop, car Jennifer en serait malade. N'est-ce pas, ma chérie ? Oui, ça lui a brisé le cœur de quitter Green Tiles. »

Je vois ça comme si j'y étais, se dit Edith. Sols parquetés. Placards intégrés. Cuisine ultra-fonctionnelle. Un jardinier deux fois par semaine. La femme du jardinier, dévouée, en blouse blanche, tous les jours. Des commodités au rez-de-chaussée pour permettre aux messieurs de se laver les mains après leur partie de golf... Un patio.

« Mais quand mon mari a dû travailler au Siège et que j'ai vu les trajets qu'il allait avoir à faire, j'ai été catégorique. Pourquoi devrait-il se tuer, me suis-je dit, à seule fin de contenter sa petite sotte de femme, qui s'est entichée de vie campagnarde ? Et je savais que, de toute façon, il tiendrait à ce que je recoive. Je l'ai su avant même qu'il le sache. C'est pourquoi nous sommes allés nous installer à St. John's Wood, Montrose Court. Bien entendu, c'est un appartement magnifique et j'ai une excellente gouvernante. Et c'est assez grand pour que Jennifer ait plusieurs pièces rien que pour elle. Elle peut inviter tous ses amis. Je lui laisse son entière indépendance. Et les commerçants sont excellents. »

Elle tapota de nouveau les coins de sa bouche. « Naturellement, je me fais tout livrer à domicile », ajouta-t-elle.

Après avoir convaincu Edith qu'elle jouissait en Angleterre de tout le confort possible, elle poursuivit en lui décrivant sa façon de vivre à l'étranger. Comme compagnes de voyage, Mrs Pusey et Jennifer s'accordaient évidemment sur tout. L'étranger, c'était pour elles une espèce d'entrepôt d'articles de luxe. Elles semblaient connaître à fond tous les endroits touristiques récemment, mais définitivement passés de mode. D'où leur présence à l'hôtel, bien que cela pût aussi s'expliquer par le compte en Suisse et par le fait que Mr et Mrs Pusey avaient rencontré M. Huber pour la première fois « dans le temps », un jour qu'ils revenaient de Montreux en voiture. Mais bientôt Edith comprit parfaitement que pour s'occuper de ses affaires Mr Pusey était souvent resté en Angleterre, pendant que Jennifer et sa mère allaient reprendre des forces à Cadenabbia, à Lucerne, à Amalfi, à Deauville, à Menton, à Bordighera ou à Estoril. Une fois, une seule fois, elles étaient allées à Palma, ce qui avait été apparemment une erreur. « Je n'ai jamais pu supporter la chaleur. Après ça, mon mari a dit que la Méditerranée était désormais hors de question, surtout en plein été. Bien entendu, c'était avant tous ces voyages organisés. Bel endroit. Mais la chaleur était terrifiante. J'ai passé tout mon temps à l'intérieur de la cathédrale, à essayer de me rafraîchir. On ne m'y reprendra plus. »

Non, elle préférait les climats plus frais. Et, toutes les deux, elles détestaient la foule. En outre, M. Huber était si accueillant ! Naturellement, on leur réservait toujours la même suite. Celle du troisième étage, qui donnait sur le lac.

« Alors, je crois que nous devons être dans le même couloir, risqua Edith. J'ai la chambre 307. »

« Ah oui, la petite pièce du bout ! dit Mrs Pusey. Bien entendu, il y a très peu de chambres individuelles dans ce genre d'établissements. » Elle regarda pensivement Edith. « Si nous montons ensemble, vous pourrez, en passant, jeter un coup d'œil à notre installation. » Puis elle s'avança péniblement jusqu'au bord de sa chaise pour essayer de se lever. Après deux tentatives ratées, elle parvint enfin à se redresser, à agripper tant bien que mal le bras de Jennifer et à se remettre d'aplomb sur ses fragiles chevilles. Cette femme va sur ses soixante-dix ans, se dit Edith.

Mais cela lui parut moins évident en voyant de dos cette silhouette que galbait la dentelle bleu nuit et en marchant dans ce sillage délicieusement parfumé jusqu'à l'ascenseur, puis sur le palier et le long du couloir. Après avoir permis à Jennifer d'aller de l'avant pour ouvrir la porte, Mrs Pusey s'apprêta à faire les honneurs du logis. Elles avaient une suite, en effet : chacune des deux chambres était indépendante, avec son entrée dans le couloir, mais Mrs Pusey laissa entendre qu'on les trouvait toujours, elle et sa fille, dans le petit salon du milieu. Celuici était superbement pourvu de tous les agréments que s'accordent les gens sûrs d'eux-mêmes dans les endroits qui ne leur sont pas familiers : une télévision en couleur, une corbeille de fruits, des fleurs, plusieurs demibouteilles de champagne. En introduisant la visiteuse dans sa chambre, Mrs Pusey montra en souriant un déshabillé de satin couleur d'huître, incrusté d'une profusion de dentelles, qui avait été déployé sur le dossier d'un fauteuil. « Mon péché mignon, confessa-t-elle. J'adore les jolies choses. Et il y a une boutique remarquable à Montreux. Voilà pourquoi nous revenons ici tous les ans. »

Elle jeta un coup d'œil à Edith et lui sourit. » Vous devriez vous acheter quelque chose de joli pendant que vous êtes ici, ma chère petite. Une femme se doit d'être élégante. Et quand elle se sent bien dans sa peau, elle paraît toujours à son avantage. C'est ce que je dis à Jennifer. J'ai toujours veillé à ce qu'elle soit habillée comme une reine. N'est-ce pas, ma chérie ? »

Elle tendit alors les bras à Jennifer, qui se précipita

pour frotter sa joue contre celle de sa mère. « Ah ! dit en riant Mrs Pusey. Elle adore son idiote de maman. N'est-ce pas, ma chérie ? » Elles s'étreignirent avec amour et, toujours enlacées, raccompagnèrent Edith jusqu'à la porte. « Surtout, ne restez pas seule, ma chère, dit Mrs Pusey. Vous savez où nous trouver. » Et la porte se referma.

Cette conversation hanta Edith à divers moments de la nuit, chaque fois que la dureté spartiate de son matelas rendait son sommeil — naturellement léger — encore plus intermittent que d'habitude. La suite des Pusey, avec son négligent étalage de petites merveilles, lui faisait penser au trésor d'Aladin. Mais elle pensait surtout au tableau charmant que, dans les bras l'une de l'autre, formaient la mère et la fille enlacées, leurs deux visages au teint de rose tournés vers elle. Il leur avait suffi de voir Edith pour prendre la mesure exacte de sa solitude et de sa détresse, si bien qu'elles lui avaient montré leur surprise et leur pitié avec la plus grande innocence. Et en leur disant bonsoir, avec une petite courbette bien raide (qui était à la fois association d'idées et souvenir), Edith avait failli leur demander pardon. Elle avait regagné pensivement sa chambre en prenant la résolution de tirer les leçons de l'expérience et de s'amender assez pour n'être plus la proie de sentiments aussi contradictoires.

Le lendemain matin, en jupe de tweed et long cardigan, Edith se fit la réflexion qu'elle s'était peut-être jusque-là présentée aux autres sous un aspect un peu négligé. Et que si les autres ne lui avaient pas accordé beaucoup d'attention (« A quoi œuvrez-vous donc en ce moment ? » lui demandait-on dans les réunions mondaines), ce devait être sa faute. Elle avait négligé de gravir les échelons de la société de consommation, mais elle pouvait encore y remédier. Quand une femme se sent bien dans sa peau, elle paraît toujours à son avantage, se dit-elle en mettant le pied dans le couloir. Et elle se le redit lorsqu'elle traversa le hall et poussa la porte à tambour en respirant à fond pour pouvoir affronter calmement le monde extérieur. Naturellement, je me fais tout livrer à domicile, ajouta-t-elle mentalement.

Mais, au bout d'une dizaine de minutes, il lui parut évident que la vie à l'étranger, même hors saison et dans une petite station, n'était pas pour elle ce qu'elle était pour Mrs Pusey ou encore pour Jennifer. Là où les deux femmes ne voyaient qu'articles de luxe, Edith découvrait seulement des lieux de réclusion. A la « Pension Lartigue (Dir. Mme Vve. Lartigue) » succéda la « Clinique des Mimosas (Dr Privat) ». Derrière la palissade d'un petit jardin, deux hommes jouaient aux échecs sur une table pliante, sous l'œil attentif de six observateurs totalement muets. Déçue, mais toujours calme, elle continua sa route jusqu'à un grand café, dont la façade vitrée était à moitié embuée. Elle entra s'y asseoir et sortit un carnet de son sac pour se donner une contenance. Mais elle trouva finalement plus réconfortant le spectacle qui s'offrait à elle. Un léger brouhaha s'élevait d'un groupe de solides matrones en conversation. Des serveuses au visage en feu transportaient des assiettées de gâteaux d'un des comptoirs jusqu'aux tables. On commandait du café ; puis on renouvelait sa commande. Soudain, d'un endroit indéterminé parvint aux oreilles d'Edith un gémissement qu'elle reconnut ; elle leva les yeux et aperçut la femme au long corps qui cassait un bout de macaron et le fourrait dans la gueule de Kiki. En reconnaissant Edith, la dame brandit sa fourchette en argent pour lui souhaiter laconiquement la bienvenue. Edith lui adressa un signe de tête et un sourire. Qu'est-ce que cette femme faisait donc là ? Mrs Pusey le saurait sans doute. Et qu'est-ce que j'y fais, moi ? se demanda-t-elle. Mais, refusant de s'appesantir sur la question, elle régla l'addition et sortit.

Le reste de sa promenade ne lui apporta pas davantage d'indices sur un quelconque sybaritisme de la ville. Au coin d'une rue, un magasin, qui était visiblement une espèce d'épicerie, exposait sur le trottoir trois paniers tout à fait rustiques, remplis de haricots verts. En passant devant la gare, elle acheta un numéro du *Times* vieux de trois jours. Et quand elle revint vers l'hôtel, elle arriva juste à temps pour être témoin de l'installation cérémonieuse de Mrs Pusey et de Jennifer à l'arrière d'une limousine démodée. Ces dames allaient à Montreux, sans aucun doute, pour que Jennifer pût être habillée comme une reine. Edith entra sans se presser dans l'hôtel, prit l'ascenseur, rencontra dans le couloir un nuage de parfum tout frais, puis s'installa pensivement à la table de sa chambre et se mit à écrire.

« David, mon bien-aimé,

« Ici, on n'arrête pas, c'est un véritable tourbillon d'activité. Quant à moi, pauvre demeurée que je suis, j'aurais bien pu m'effaroucher du snobisme de tous ces gens chics si je n'avais été chaperonnée par une respectable douairière, Mrs Iris Pusey de Montrose Court, ci-devant de Halesmere. On a l'air de croire que je pourrais devenir une compagne acceptable pour sa fille Jennifer, quoique Jennifer soit manifestement promise à un plus haut destin. Pourtant, Jennifer n'est pas pressée de quitter sa mère, c'est du moins ce que celle-ci m'assure et, en attendant, nous feignons toutes les trois calmement de croire que l'homme idéal finira par venir. Mais, pour le moment, les messieurs sont de la revue. Hormis le mari de Mrs Pusey (lequel semble n'avoir aucun autre titre ni dénomination, et ne pas en avoir besoin, ça va de soi), nous sommes des femmes seules.

« Mrs Pusey est vraiment l'unique personne qui soit intéressante ici. Mais il y a aussi une très belle femme avec un chien, qui me paraît pleine de promesses. A ce que j'ai compris, son mari occupe une fonction importante à Bruxelles. Mais nous n'avons pas encore échangé un mot. Mrs Pusey, pour sa part, est très communicative, ce qui est plutôt une chance, étant donné que moi... » (elle barra la dernière phrase).

« J'adore Mrs Pusey. Elle est d'une totale sérénité, c'est une femme qui est absolument sûre d'elle-même et qui se contente, comme elle l'insinue en riant, de tirer le meilleur parti de ce que le Bon Dieu lui a donné. Elle dispose manifestement d'une fortune considérable et je serais assez contente de savoir d'où elle la tire. Quand celui qu'elle appelle "mon mari" a été transféré au "Siège" (ce qui a provoqué leur dramatique départ de Halesmere), où donc a-t-il pu aller exactement ? Qu'était-ce que ce "Siège" ? Le "Siège" de quoi ? Il y a un petit quelque chose dans l'allure de Mrs Pusey et même, oserai-je le dire, dans la dégaine de Jennifer qui me porte à soupçonner ledit mari d'avoir été le genre d'homme à appeler les magasins des "commerces". Mais c'était évidemment un homme qui savait ce qu'il voulait. Non seulement il a déposé une partie de son fric dans une banque suisse, mais encore c'est lui qui s'était rendu compte qu'il ne pouvait risquer la Méditerranée en plein été. Je veux dire : la risquer pour elle. S'éclipsait-il de temps en temps en solitaire pour faire un peu la fête aux tables de jeu ? Etait-il en secret membre du Marbella Club ? Je l'espère pour lui, mais je n'ai pas le moindre commencement de preuve pour étayer cette supposition.

« Entre parenthèses, j'ai d'abord pris Mrs Pusey pour une dame, mais je l'avais surestimée. Mrs Pusey est très exactement une femme. "Femme-femme", c'est ainsi qu'avait coutume de l'appeler son mari (mais c'était un homme de la vieille école). La femme au chien, par contre, je l'ai sous-estimée. Elle, c'est une dame, ou plutôt une grande dame. Elle, ou plutôt son mari, absent lui aussi, fait partie de la classe dirigeante, quoique Mrs Pusey n'ait pas beaucoup de considération pour son titre. Mrs Pusey déteste visiblement Lady X. (je ne connais pas encore son nom). Ce sera intéressant de découvrir pourquoi.

« A part ça, nous avons tous des noms maintenant. Il y a Mrs Pusey et Jennifer, évidemment. Le garçon qui apporte le petit déjeuner s'appelle Alain et la jolie blonde qui nous sert le thé Maryvonne... »

Edith posa son stylo. C'était parfait de transformer en personnages de roman Mrs Pusey et Jennifer, mais elle ne pouvait oublier l'impression que lui avaient faite les deux femmes tendrement enlacées lorsqu'elles l'avaient reconduite jusqu'à la porte en lui souhaitant une bonne nuit. C'était d'amour qu'il s'agissait, d'amour entre mère et fille, de contact physique et de complicité dans la coquetterie, tout ce qu'elle-même n'avait jamais connu. Sa drôle de mère à elle, Rosa, cette femme aigrie et déçue, qui avait été jadis une beauté, qui se révoltait bien inutilement contre son sort et qui se laissait aller délibérément, volontairement, cette mère négligée et méprisante avait l'habitude de tourner en dérision la fille silencieuse et pâle qui entrait comme une ombre dans sa chambre aux senteurs balsamiques pour lui apporter une tasse de café qu'elle s'empressait de renverser, et qui en ressortait tout aussi discrètement. Cette mère qui hurlait : « Pas assez fort ! Pas assez fort ? Comme vous tous ici ! » Qui ressassait sa nostalgie pour Vienne, où elle avait été jeune et brillante, et non pas grasse et débraillée comme elle l'était devenue. Et qui pleurait la mort de sa sœur, Anna.

Quand Edith songeait au charme éblouissant de Mrs Pusey, elle faisait resurgir de douloureux souvenirs. Comme elles avaient mal vieilli, les fascinantes sœurs Schaffner, sa mère, Rosa, sa tante Anna ! Elles avaient ensorcelé bon nombre des étudiants qui avaient pris pension dans le sinistre appartement de leur mère pour préparer une thèse sur Klimt ou sur Schnitzler ou sur le Jugensstil ou sur les trois à la fois. Les deux sœurs avaient eu beau se marier rapidement, et jeunes, elles avaient vite connu des déceptions amères. Ces étudiants, si séduisants loin de chez eux, étaient tous devenus bien trop tôt de doux universitaires. Les campus de Reading, de Nottingham, d'Ohio State ou de Kingston ne pouvaient guère intéresser deux jeunes Viennoises qui connaissaient à la perfection l'art du flirt, qui avaient leurs stratégies, leurs tactiques, leurs caprices et l'éternel désir d'être victorieuses. Bien des années plus tard, quand les deux sœurs se retrouvèrent, en compagnie de leur cousine Resi, ce fut à qui des trois ferait le récit le plus horrifique sur la vie ennuyeuse qu'on pouvait mener auprès d'un mari devenu trop banal pour présenter encore un quelconque intérêt, tout au long de journées si vides de sens que ce n'était même plus la peine de se chercher des occupations. Le chagrin et la frustration leur sortaient par tous les pores. Dans le sombre salon maternel, l'atmosphère était lourde de discorde et de turpitude. Elles étaient devenues de pesantes matrones, torturées par le port du corset, aux sourcils maladroitement dessinés et aux gros seins durs. Elles avivaient leur hargne au point d'exploser de fureur rétrospective, elles élevaient la voix et renversaient leur café. *« Schrecklich ! Schrecklich !* hurlaient-elles. *Ach, du Schreck ! »*

C'était avec soulagement que la petite Edith de sept ans, cachée derrière le fauteuil de Grossmama Edith, entendait tourner dans la serrure la clé de son père. Elle courait vers lui, toute en pleurs. La brutale résonance de ces mots, qu'elle ne comprenait pas, la blessait. Son père, devinant ce qui se passait, lui proposait alors avec un sourire timide de l'emmener en promenade. Un jour, il l'emmena au Kunsthistorisches Museum et il essaya de lui expliquer ce que représentaient les tableaux, mais elle appuyait son visage, humide et rougi par les pleurs, sur la main paternelle, et elle n'écoutait pas. Et lorsqu'il s'attarda dans la contemplation d'un tableau montrant des hommes affalés sur le dos, au grand soleil, dans un champ de blé, elle se remit à sangloter, et il se baissa pour écarter doucement ses cheveux de son front. « Allons, Edith, dit-il en lui essuyant les yeux avec son mouchoir, c'est l'occasion de montrer que tu as du cran. »

Il était mort bien trop tôt, à peine franchi le cap de la cinquantaine, son pauvre petit professeur, et la méprisante Rosa s'était effondrée après sa disparition. Mais il ne se passait pas un jour sans qu'elle déversât, toujours plus sale et plus irascible, des monceaux d'insultes sur son souvenir. Et, quand elle était morte à son tour, peu de temps après, Edith avait trouvé dans ses papiers le fragment jauni d'une lettre écrite par son père dans un allemand appliqué et littéraire, une espèce d'invitation à Dieu savait quoi, dont seule la première phrase contenait une allusion à des temps révolus, plus heureux. D'une écriture penchée et légère, il avait écrit ces mots : « Gracieuse dame, me feriez-vous l'honneur... », mais la déchirure du papier avait détruit le reste du message.

Edith se frotta les yeux et reprit son stylo.

« Mon cher amour, tu ne peux savoir à quel point je pense à toi, comme je m'ennuie de toi et comme j'ai hâte de te revoir. »

Aussitôt, elle ratura soigneusement ce qu'elle venait d'écrire et le mit de côté. Attrapant alors la chemise qui contenait *Sous la lune visiteuse*, elle en retira le manuscrit et relut le dernier paragraphe. Puis elle baissa la tête avec soumission pour se remettre à sa tâche quotidienne, ce grand travail d'imagination et d'échappatoire.

IV

« Je crois que vous avez un admirateur », dit Mrs Pusey avec un petit rire.

Edith réagit d'autant moins qu'une réplique de sa part n'avait pas l'air de s'imposer, car Mrs Pusey, en jaquette et jupe de lin vert amande, portant ses perles ordinaires, avait déjà tourné la tête pour appeler Maryvonne : il lui fallait encore de l'eau chaude.

L'air hagard, tout étourdie d'avoir passé plusieurs heures dans sa chambre à écrire *Sous la lune visiteuse*, Edith n'avait d'abord trouvé personne au salon excepté Mme de Bonneuil, qui était occupée à lire de tout petits passages de *La Gazette de Lausanne* à l'aide d'une loupe. Le lourd silence et la tiédeur des lieux lui firent alors comprendre qu'elle arrivait trop tard pour le déjeuner et trop tôt pour le thé. Elle retraversa le hall, encore anesthésiée par son dur labeur et, en poussant la porte à tambour, elle découvrit un après-midi d'une perfection si radieuse qu'elle se demanda comment elle avait bien pu l'ignorer jusque-là. Un soleil d'automne, doux comme le miel, mordorait le lac ; des vaguelettes murmuraient sur la rive ; un vapeur tout blanc glissait en direction d'Ouchy ; et, à ses pieds, sur le sable de l'allée, elle vit, pareille à un hérisson vert, la bogue d'une châtaigne, largement fendue, qui montrait l'écorce luisante et brune de son fruit.

Le café, dont les vitres étaient redevenues transparentes, baignait, presque vide, dans la lumière de l'après-midi. Après s'être installée dans un coin silencieux, Edith ferma les yeux dans un rayon de soleil et savoura un moment de plaisir sans mélange. Le temps se dissolvait ; les sensations affluaient. Elle se contenta de prendre du café, encore trop préoccupée par les intrigues de ses personnages pour avoir faim, puis elle s'appuya au dossier de sa chaise et ferma de nouveau les yeux pour prendre un repos bien gagné après tant d'heures d'efforts obscurs. Quand elle rouvrit les yeux, ce fut pour découvrir le spectacle extraordinaire donné par la femme au chien qui, au loin, sur le rivage, ployait et déployait son corps longiligne et qui, de temps en temps, lançait brusquement en avant son bras mince, cheveux luisants et emmêlés, en poussant un cri bizarre « Kiki ! Kiki ! », à peine audible à travers la vitre, tandis que le petit chien, momentanément délivré de ses fureurs névrotiques, jouait comme un fou à courir après des morceaux de bois. L'énergie solitaire de cette femme, son étrange ardeur et la concentration de ses gestes firent revenir Edith à ses incertitudes et, retrouvant la mélancolie de l'exil, elle reprit la direction de l'hôtel.

Cette fois, c'était l'heure du thé et Edith aperçut avec surprise un certain nombre de gens attablés, qu'elle n'avait encore jamais vus. Plusieurs jeunes serveurs, dont elle n'avait pas remarqué la présence jusque-là, s'activaient auprès de groupes d'hommes très exubérants qui discutaient avec animation et cordialité ; un ou deux levèrent le nez au passage d'Edith, puis reprirent la discussion, autrement passionnante, qui était l'objet de leur réunion et qui, à la suite d'une conférence à Genève, les faisait se rencontrer une dernière fois en petit comité avant que chacun ne s'en allât de son côté. Edith comprit pour la première fois que l'hôtel était un organisme occupant de nombreux employés et que ceux-ci restaient sans doute simplement en retrait jusqu'à ce qu'une occasion particulière les fît sortir de l'ombre à l'heure dite, consciencieux et stylés, empressés à servir. Et l'on venait, apparemment, de les remettre en activité. A la réception, M. Huber, qui agaçait visiblement son gendre, souriait, faisait des courbettes et proposait des modifications compliquées pour le menu du dîner.

Au milieu de cette animation, fronçant légèrement le nez devant l'odeur inhabituelle de la fumée de cigarette, Mrs Pusey survint, en retard comme à son habitude et probablement un peu fatiguée d'une journée où elle avait eu la déception de ne pas pouvoir acheter tout ce qu'elle voulait. Elle et sa fille avaient couru après un certain genre de corsage, un corsage brodé de jours, expliqua-t-elle à Edith, qui s'était levée comme tirée par une force magnétique pour s'approcher de sa table. Mais leur recherche avait été vaine. La petite bonne femme qui avait l'habitude de faire ces corsages-là venait précisément de disparaître sans avoir eu la décence de les prévenir, alors qu'elle savait pertinemment que Mrs Pusey et Jennifer revenaient tous les ans et lui passaient toujours une commande importante. Et dire qu'elles lui avaient envoyé une carte de Noël ! « Voilà où on en est, dit Mrs Pusey. Le bon vieux temps où l'on pouvait compter sur les gens est bien fini, même en Suisse. Moi, je ne reconnais plus le monde où nous vivons. » Elle eut un sourire. « Oui, tout a changé et tout va de mal en pis. Mais ce que je me refuse à faire, c'est à me contenter d'à-peu-près. Je me suis toujours efforcée d'avoir ce qu'il y avait de meilleur. C'est un instinct, je suppose. Comme disait mon mari : seul, le meilleur est assez bon. »

« Maman, s'écria chaleureusement Jennifer, ce qu'il y a de meilleur, c'est toi. » Elle saisit la main de sa mère et leurs deux paires d'yeux, luisantes d'émotion, reflétèrent le beau stoïcisme de ceux que la vie vient de déposséder, tandis qu'Edith se faisait la réflexion que, même dans le cas présent où la dépossession venait de la simple déloyauté d'une brodeuse spécialisée dans les jours, elle ne pouvait pas leur offrir grand-chose en guise de consolation. Mais comme elle avait une fois de plus la démonstration de l'entente profonde, extraordinaire à ses yeux, qui existait entre la mère et la fille, elle en profita pour observer attentivement Jennifer, qui lui paraissait toujours aussi inexpressive qu'un mur orbe, en dépit de ses gesticulations vigoureuses et de ses interventions emphatiques. Jennifer était un superbe spécimen, elle le reconnaissait, la preuve tangible de l'efficacité des bons soins maternels. Son gros visage au teint clair, dont on pouvait sans doute regretter qu'il ne fût orné que d'un ensemble parcimonieux de petits traits flous, resplendissait de santé vermeille et de naïveté enfantine. Tout en elle reluisait. Ses yeux d'un bleu lumineux, ses dents régulières et légèrement bombées, ainsi que sa peau parfaite avaient leur chatoiement spécifique. En comparaison, la blondeur de ses cheveux semblait presque poussiéreuse. Son corps plutôt dodu d'ingénue était visiblement mis en valeur par des vêtements choisis sans la moindre ingénuité et d'une taille un peu juste. Jennifer parvenait, comme par miracle, à donner l'impression d'une fillette poussée trop vite. Tout ce qu'elle portait était aussi coûteux que pouvait le lui permettre la fortune maternelle, mais dans un style très différent de l'élégance apprêtée de Mrs Pusey. Avec son pantalon de toile bleu marine et son pull, sûrement trop serré, de jersey blanc, Jennifer faisait incontestablement *gamine**. Edith n'arrivait pas à lui donner d'âge. Elle lui trouvait, comme à sa mère, un air de jeunesse, mais elle se demandait bien pourquoi les deux femmes lui paraissaient surannées. Presque constamment, elles faisaient allusion à une époque révolue, une brillante époque de prestige, de bonheur, de succès, de confiance en soi et de sécurité, une époque forcément lointaine et mystérieuse aux yeux de leur interlocutrice. Et Edith s'étonnait toujours autant de ne pouvoir avoir avec les Pusey que des entretiens unilatéraux. Elles ne cessaient d'imposer aux autres leur passé aussi délibérément que leur présent et elles s'attendaient, assez bizarrement, à ce qu'on rendît hommage à l'un comme à l'autre. Elles n'étaient pas le moins du monde curieuses de la vie d'autrui. Dès qu'elles avaient eu la certitude qu'Edith était seule, elles l'avaient réquisitionnée, et c'était autant par bienveillance que par convenance personnelle, ce qui prouvait bien leur subtilité. Comme Mrs Pusey commençait la plupart de ses phrases par les mots « bien entendu », ses déclarations avaient une force et une assurance tranquille qui, d'une manière ou d'une autre, interdisaient toute tentative d'exprimer une opinion personnelle. Edith trouvait tout cela amusant et bien reposant, car ce qu'elle ne voulait à aucun prix, c'était parler d'elle-même. Surtout pas. Mais elle était obligée de reconnaître qu'elle se sentait vaguement perturbée par l'opposition enjouée, mais ferme, de Jennifer à toute espèce de réciprocité. Après tout, se disait-elle, nous sommes plus ou moins de la même génération, bien qu'elle ait quelques années de moins que moi. Quel âge peut-elle avoir ? Trente-deux ? Trente-trois ? Trente-quatre, peut-être ? Et pourtant elle ne lâche jamais sa mère, comme si celle-ci était tombée au milieu d'un monde de philistins sans scrupules, dont elle aurait eu le devoir de la protéger. Ce serait bien intéressant de connaître les sentiments de Jennifer à l'égard des rares personnes qu'elle fréquente, se dit encore Edith en continuant d'observer, pendant que Mrs Pusey discourait, le sourire imperturbable de sa fille.

Elle en était là de ses songeries quand elle entendit une voix masculine qui disait d'un ton affable : « Vous perdez quelque chose. » Quelqu'un lui tendait son carnet, qui avait dû glisser de ses genoux pendant qu'elle se perdait dans la contemplation de Jennifer. Elle sursauta et vit en levant les .yeux un homme de haute taille, en complet gris clair, qui lui souriait. Elle lui murmura un remerciement et crut qu'il allait s'éloigner. Elle pouvait difficilement lui proposer de s'asseoir en compagnie des deux autres. « Seriez-vous écrivain ? » lui demanda-t-il alors d'une voix où perçait quelque ironie. On dirait qu'il le sait, songea Edith, un peu confuse. Mais l'idée que quelqu'un pût être écrivain dans un endroit pareil n'était vraisemblablement pas à prendre au sérieux. Du moins l'espérait-elle. Elle lui adressa un sourire vague dans l'espoir de prévenir de nouvelles questions et l'homme, sans se départir de son sourire ironique, s'éloigna en direction de ses amis ou collègues qui venaient de se lever de table pour aller prendre l'air.

« On dirait que vous avez un admirateur », dit Mrs Pusey Quand on lui eut apporté le supplément d'eau chaude qu'elle avait réclamé, elle ajouta : « Il ne vous a pas quittée des yeux depuis que vous êtes entrée. Je l'ai vu tout de suite. » Elle avait un ton badin, mais ses paupières s'étaient affaissées comme si ç'eût été là l'ultime déception de sa journée. Edith regarda Jennifer : celle-ci continuait à sourire, le regard inexpressif.

Il était l'heure de monter s'habiller pour dîner, mais ces dames s'attardaient. Par une sorte de loyauté, Edith se sentit contrainte de rester à la disposition de Mrs Pusey, tout en se demandant ce que la loyauté venait faire là-dedans. Le silence, entre elles, était devenu méditatif ; apparemment, il n'était plus question, pour aucune des trois, de faire des confidences ou d'en échanger. C'est tout à fait ce que je souhaitais, se dit Edith. Mais, brusquement, elle s'aperçut qu'elle mourait d'envie de parler à David. La récente intrusion, toute parodique qu'elle fût, d'un homme dans le champ de sa conscience, avait eu pour effet de réveiller douloureusement son besoin d'aimer. Elle jeta un coup d'œil à sa montre et fit quelques calculs anxieux : en montant l'escalier quatre à quatre, elle aurait peut-être encore le temps de le joindre avant son départ. A la Salle, songea-t-elle avec angoisse, partagée entre l'amour et la terreur.

« Il va falloir que je retourne à la Salle. » C'étaient les premiers mots qu'elle avait eu conscience de lui entendre dire, des mots mystérieux qui l'avaient frappée. Aussitôt, elle se demanda ce que signifiait cette phrase troublante qui évoquait pour elle quelque cour intérieure aux fontaines jaillissantes avec des servantes silencieuses en pantalon de gaze apportant des rafraîchissements. Ou de gigantesques divans dans une pièce aux murs blanchis à la chaux et aux jalousies baissées pour faire obstacle à la chaleur de l'après-midi. Ou bien encore un de ces cafés d'autrefois, en sous-sol, où d'austères marchands faisaient cliqueter leur chapelet d'ambre. Une fumerie d'opium. Des bains turcs. Un hammam tout carrelé de faïence que les reflets de l'eau parsemaient de points d'or. La paix.

« Que faites-vous dans la vie ? » lui demanda-t-elle, les yeux agrandis par sa vision intérieure, le regard perdu.

« Je suis commissaire-priseur », répliqua-t-il. Puis il y eut un silence.

Ils avaient fait connaissance lors d'une des agaçantes petites réceptions de l'amie d'Edith, Penelope Milne. « On prend un verre chez moi dimanche prochain avant de déjeuner, avait annoncé au téléphone la voix inexorable. Surtout, ne me laisse pas choir. Tu pourras travailler l'après-midi si tu y tiens. Je ne te fais pas perdre ton temps. »

Mais si, se dit alors Edith. Puisque tu es trop mesquine pour nous offrir à déjeuner et que je me fiche de manger à deux heures et demie ou plus tard, quelle que soit l'heure où je rentrerai avec un mal de tête abominable, ma journée est bel et bien fichue. Penelope, en effet, répugnait bizarrement à inviter les gens à sa table ; elle considérait cela comme une sorte de contrainte et d'incongruité. Et elle n'accordait sa compagnie qu'au terme de démarches désespérément traditionnelles : offres de fleurs ou de billets de théâtre, et invitations à des dîners intimes dans les meilleurs restaurants, car c'était une gastronome avertie. Pour elle, les hommes étaient des conquêtes, des trophées, tout autant que des ennemis ; ils lui paraissaient d'une espèce à laquelle elle ne devait pas réserver plus de temps et d'attention qu'ils n'en méritaient à ses yeux. Avec eux, elle adoptait le ton du flirt, de la moquerie, de la blague ; elle se vantait ouvertement d'aventures aussi vite ébauchées qu'achevées, qu'aucun des deux partenaires ne prenait au sérieux. Elle semblait très fière de voir s'allonger régulièrement son tableau de chasse, car c'était, à l'évidence, une chasseresse accomplie. Cela la portait à déplorer indéfiniment la monotonie de la vie d'Edith et, pour elle, il était clair qu'Edith n'écrivait que pour évoquer les plaisirs mêmes que la vie lui refusait. C'est pourquoi elle lui offrait sans cesse, avec générosité, de la présenter aux divers divorcés de sa connaissance — « mes laissés-pour-compte », disait-elle d'eux en riant. Et elle se vexait quand Edith la suppliait de comprendre l'incapacité où elle était de s'intéresser à quelqu'un quand elle travaillait à un roman. Edith savait qu'elle aurait été enchantée de lui organiser un rendez-vous — en sa présence. Et, pour l'intimider, elle se serait empressée de faire, d'un ton espiègle, de multiples allusions à des succès personnels auprès du sympathique candidat, elle serait même allée jusqu'à écourter les préliminaires en expédiant les intéressés dans un restaurant de son choix et elle aurait murmuré quelque chose à l'oreille du laissé-pour-compte avant de déclarer fermement à Edith : « Je te téléphonerai demain matin. » Toutefois, comme Penelope pensait que les hommes appartenaient à un sexe méprisable, ses yeux étincelaient chaque fois qu'elle faisait le récit de ses triomphes au cours de diverses réunions entre intimes qui constituaient la substance même de sa vie sociale.

« Cet horrible petit bonhomme ! » disait-elle péremptoirement de quelqu'un qui n'avait pas su entrer dans son jeu.

C'était une jolie femme de quarante-cinq ans, qui n'allait pas de sitôt se presser de vieillir. Avec Edith, elle n'avait guère en commun que l'agencement intérieur de leurs deux maisons, situées l'une en face de l'autre à chaque extrémité d'un minuscule terre-plein, et les accords qu'elles avaient conclus pour se partager les services d'un laveur de carreaux (afin de ne pas le manquer, elles avaient échangé le double de leurs clés) et ceux d'une terrible et déroutante femme de ménage, Mrs Dempster. Elles étaient aussi convenues de s'entraider au besoin : si l'une tombait malade, l'autre ferait les courses et la cuisine. Bien que cela ne se fût jamais produit, la perspective était rassurante pour chacune d'elles. Lorsqu'Edith, épuisée par sa longue journée de travail silencieux, repoussait en bâillant sa machine à écrire et sortait de chez elle pour aller faire un tour chez Penelope, elle était toute contente de pouvoir lui donner son avis sur la tenue qu'elle devait choisir pour sa prochaine sortie. Quant à Penelope, elle ne faisait jamais la moindre allusion à ce que pouvait écrire Edith, mais lors de ses trop fréquentes invitations à prendre un verre chez elle, elle la poussait en avant comme une petite fille en disant : « Bien entendu, vous connaissez Edith Hope. Elle écrit. » C'est à cela que se résumait leur amitié.

Ce fameux dimanche, comme Penelope avait recruté une assez belle assistance, il y avait beaucoup de gens qu'Edith ne connaissait pas. Elle s'était résignée à tourner en rond le temps requis par la bienséance (Penelope n'aimait pas voir quelqu'un s'asseoir) quand la drôle de phrase avait résonné dans sa tête. Cherchant alors quelle bouche l'avait prononcée, elle aperçut un homme grand et mince, aux cheveux roux, qui prenait une poignée de cacahuètes et, rien qu'à le voir de dos, elle sut qu'il était agité, impatient, qu'il mourait d'envie de s'en aller. Sous n'importe quel prétexte. C'est ce qui l'avait poussé à faire cette remarque, aussi peu vraisemblable qu'admissible, et à l'accompagner, en dépit des protestations de Penelope, d'un commentaire un peu trop désinvolte sur un récent catalogue qui requérait d'urgence toute son attention.

Edith, la tête encore pleine de visions de hammam, de café à la turque et de douce méridienne, lui murmura d'une voix légèrement distraite en le voyant gagner résolument la porte : « Pourriez-vous me dire à quoi ressemble cette Salle ? »

Il fit descendre son regard vers elle de très, très loin, du haut de son long nez. « A cinq étages de magasins dans Chiltern Street », répondit-il.

Alors, elle leva la tête et il y eut entre eux un calme échange de coups d'œil dont toute expression était soigneusement absente. Elle baissa les yeux et il quitta la pièce. Sans que rien d'autre fût dit.

Un peu plus tard, en aidant Penelope à laver les verres, elle demanda : « Cet homme très grand, qui est-ce donc ? »

« David Simmonds ? C'est lui qui est à la tête de l'affaire familiale, maintenant. Simmonds, voyons, la Salle des Ventes. Ces gens-là font la pluie et le beau temps dans la plupart des ventes aux enchères. C'est un amour, tu ne trouves pas ? Il a toujours eu un béguin pour moi, mais c'est de plus en plus difficile de lui mettre la main dessus, ces temps-ci. A propos, il m'a demandé qui tu étais. »

« Comment se fait-il que tu le connaisses ? »

« J'étais en classe avec sa femme. Priscilla... Tu la connais. Tu l'as rencontrée ici une douzaine de fois. Mais si, tu la connais, Edith. Une grande blonde qui a beaucoup d'allure. Elle n'a pas pu venir, aujourd'hui. »

Edith se souvenait d'elle, en effet : une grande blonde

qui avait beaucoup d'allure. Une femme assez arrogante, sûre d'elle-même, insouciante. Qui parlait haut et fort, avec autorité. Un jour, Edith était tombée sur elle au rayon de la porcelaine, chez Peter Jones, et elle avait remarqué sa façon de faire de l'esbroufe et de traîner l'une des vendeuses à sa suite avec l'insolence d'une collégienne qui se sait la chouchoute des profs.

Après avoir enlevé son tablier de plastique où était imprimée une publicité pour Guinness, Penelope avait accroché ses gants de caoutchouc avec des pinces à linge. « Maintenant, Edith, excuse-moi, mais je dois te mettre dehors. Richard m'a dit qu'il allait revenir me chercher pour m'emmener déjeuner dans le coin. »

Rentrée chez elle, Edith avait vu de sa fenêtre Richard réapparaître et descendre la rue à toutes jambes avec un empressement fort louable. Fringant, se dit-elle. Sémillant. Beau complet à carreaux qui le bride un peu aux épaules. Des veines apparentes sur cette main qui s'agite. Elle avait alors songé à David et souri involontairement. Puis elle s'était assise pour l'attendre.

Quand il était arrivé, comme elle l'avait prévu, deux ou trois heures plus tard, ils n'avaient pas dit un seul mot, mais ils s'étaient regardés longuement, intensément. Au lit, ils s'étaient endormis dans les bras l'un de l'autre d'un sommeil apaisant et, à leur réveil, presque simultané, ils avaient ri de plaisir. Après cela, elle avait eu l'impression de tout connaître de lui. Son seul étonnement avait été la découverte de son perpétuel et merveilleux appétit. Ce fut alors qu'elle prit l'habitude d'avoir la maison pleine de victuailles.

Ils étaient raisonnables tous les deux. Nul ne devait souffrir. Elle s'enorgueillissait de faire en sorte qu'il ne sût jamais rien de ses dimanches vides, de ses longues soirées monotones ou des vacances qu'elle annulait à la dernière minute. Lui, de son côté, maudissait le sort en chargeant les bagages dans sa voiture avant de reprendre la longue route du retour, à la fin de ses week-ends mouvementés et fatigants dans le Suffolk, et il songeait à la petite maison où elle vivait, à la qualité du silence qui y régnait, à la douce obscurité glauque de son salon. Elle, pendant ce temps, couchée trop tôt, l'imaginait au milieu des siens, pensait à leur manière de vivre, à leurs disputes, à leurs parties de plaisir. A ses enfants.

En se remémorant tout cela encore une fois, à l'Hôtel du Lac, Edith sentit au fond de sa gorge un serrement annonciateur de larmes (larmes qu'elle savait si bien cacher) et, en murmurant une excuse à Mrs Pusey, elle prit l'audacieuse initiative de quitter le salon avant elle. Mais elle avait renoncé à téléphoner. Après tout, elle était encore sinon en disgrâce, du moins en stage probatoire.

Quelque trois heures plus tard, les larmes que venaient de verser ses beaux yeux clairs semblèrent avoir accru son acuité visuelle lorsqu'elle se mit à table pour le dîner. Elle s'aperçut que les lampes brillaient avec plus de vivacité, que de nouveaux convives mettaient dans la pièce un entrain inhabituel et que toutes les tables étaient occupées. Il lui parut agréable, après plusieurs jours de gynécée, de voir des hommes apporter de l'animation dans la salle à manger tandis que les serveurs se précipitaient pour exécuter leur commande. L'homme en gris, celui qui avait ramassé le carnet d'Edith, fit mine de se lever quand elle s'installa et, après l'avoir saluée d'un signe de tête, remit le nez dans son assiette et s'efforça d'enlever la grosse arête de sa sole. La dame au chien était époustouflante, dans une robe ondulante en mousseline de soie fleurie, que deux rubans étroits retenaient par un nœud minuscule sur la superbe charpente de ses épaules ivoirines. L'ambiance chaleureuse, le menu, le service, tout rassurait Edith. Elle se sentait très lasse et se dit qu'elle dormirait à poings fermés cette nuit-là.

Mrs Pusey, en mousseline noire, parut sur le pas de

la porte et y resta hésitante un moment, comme si, accablée par tant d'agitation, elle osait à peine rejoindre sa table sans qu'on l'y aidât, tandis que, debout derrière elle, Jennifer souriait aux anges. Il fallut que M. Huber s'approchât en lui tendant galamment la main pour qu'elle retrouvât le sourire et acceptât d'être menée jusqu'à sa place. La dame au chien émit un gloussement de mépris que Mrs Pusey préféra ne pas entendre.

Edith, retrouvant son anonymat et s'y résignant sans difficulté, parvint à quitter la pièce avec à-propos et discrétion. Mais, sortie la première de la salle à manger, dès qu'elle se fut installée dans le salon désert, elle sentit que sa dignité précaire, déjà minée par sa récente crise de larmes, était bien près de s'effondrer. Le pianiste vint s'asseoir devant son instrument et lui adressa un petit salut. En le lui rendant, elle se fit la réflexion que ses moyens d'expression devenaient bien réduits : faire des signes de tête au pianiste ou à Mme de Bonneuil, prêter l'oreille aux discours de Mrs Pusey, déguiser sa propre voix dans le roman qu'elle écrivait et, en plus de cela, attendre en vain le son d'une voix qui restait silencieuse tout en étant forcée d'entendre des conversations qu'elle trouvait généralement insipides. Pour échapper aux conséquences redoutables de cette situation, elle résolut de reprendre courage, de faire des efforts, de refuser la débâcle. Mais ce n'était pas facile.

En buvant son café, elle eut l'impression que le chagrin l'avait purifiée, rendue puérilement docile, comme elle l'avait été si souvent dans sa vie, et qu'il l'avait replongée dans les brumes de l'enfance, jusqu'à l'époque, ou presque, de cette visite au Kunsthistorisches Museum qu'elle avait faite jadis avec son père. C'est pourquoi, puérilement anxieuse de faire plaisir, elle s'en alla, dès que le signal lui en fut donné, rejoindre les Pusey à leur table. L'homme en gris s'était assis non loin de là et, feignant de lire un journal, il écoutait presque ostensiblement leur conversation. Peut-être est-ce un détective, se dit Edith sans y attacher beaucoup d'importance.

« Vous savez, ma chère, dit Mrs Pusey après avoir fait quelques raccords à son maquillage et reçu des compliments sur sa bonne mine, vous savez que vous me rappelez quelqu'un. Votre figure m'est très familière. Mais qui ça peut-il être ? »

« Virginia Woolf ? » suggéra Edith comme elle le faisait toujours dans ces cas-là.

Mrs Pusey parut ne pas entendre. « Ça me reviendra d'une minute à l'autre, dit-elle. Allez, causez toutes les deux, vous les jeunes. » Puis, posant le pouce et l'index de la main droite sur l'arête de son nez, elle afficha un air si sérieux que Jennifer, toujours aux aguets, s'arrêta d'écouter ce que disait Edith pour concentrer toute son attention sur sa mère. Edith se renfonça dans son fauteuil et tendit l'oreille au jeu du pianiste, que personne d'autre ne semblait remarquer, jusqu'à ce que Jennifer, baissant la tête, apparût dans son champ de vision. « Maman dit qu'elle veut regarder la télévision. Alors, nous allons monter. » Puis elle se retourna vers sa mère et surveilla l'opération, toujours délicate, qui consistait pour celle-ci à passer de la station assise à la station debout. Edith se demanda de nouveau l'âge qu'elle pouvait avoir.

Parvenue devant la porte, Mrs Pusey fit un demi-tour théâtral et déclara : « Je m'en souviens ! Je sais maintenant qui Edith me rappelle ! »

Edith vit se contracter légèrement le dos de l'homme en gris, qui s'abritait toujours derrière son journal.

« La Princesse Anne ! s'écria Mrs Pusey. Je savais bien que ça me reviendrait. La Princesse Anne ! »

V

Mais le sommeil ne lui vint pas facilement cette nuit-là. Entre des bribes de rêves incohérents, Edith voyait se succéder, rapides comme l'éclair, de courts messages audio-visuels qu'elle serait obligée de décoder plus tard. Les chevilles délicates et les étonnants souliers fins de l'homme en gris. La soudaineté de son geste, à un moment donné, quand il avait replié le journal qu'il feignait de lire pour se lever, s'étirer légèrement et rejoindre un de ses collègues en direction du bar. Les accents d'une gaieté inhabituelle, qui restaient perceptibles malgré l'immensité du salon et qui, justement, venaient du bar. L'apparition, une heure plus tard, de la femme au chien, malade de rire et assez ébouriffée, qui sortait du bar, bras dessus bras dessous, avec l'homme en gris et son ami. La tête minuscule de Kiki, dressée mélancoliquement contre cette apostasie, tandis que son petit corps sphérique tentait de barrer le passage à sa maîtresse. L'altercation discrète entre M. Huber et son gendre à la vue d'un tel spectacle. Le pianiste qui se retirait avec nervosité. Les sourires propitiatoires qu'il distribuait alentour et auxquels, seule, Mme de Bonneuil répondit par un signe de tête.

Le sens de ces scènes demeurait obscur pour Edith sur bien des points. Elle ne savait plus si elle avait été réellement témoin au salon des représentations qui lui venaient à l'esprit, ou si, en quelque recoin surexcité de son inconscient, elle les élaborait. Elle se rendait compte qu'elle passait une mauvaise nuit et qu'elle n'avait d'autre solution, pour ne pas s'éveiller tout à fait, que de continuer à subir l'apparition de ces singulières séquences, moitié rêve et moitié souvenir. Tout cela avait la qualité de la vie et semblait chargé de sens. Mais d'un sens caché. Elle s'étira, mal à l'aise, prisonnière de ce sommeil troublé. Sans en avoir une conscience bien nette, elle entendit quelque part le bruit d'une porte qu'on fermait.

Quand elle se réveilla pour de bon, un peu plus tard que d'habitude, ce fut avec la certitude accablante d'avoir su d'avance que sa journée serait fichue. Epuisée par sa nuit agitée, elle avait la migraine et le dégoût instinctif de toute espèce de nourriture ou de compagnie. Les bruits les plus infimes lui arrivaient démesurément amplifiés ; un chariot poussé trop vigoureusement le long du couloir et la voix haut perchée des femmes de chambre lui parurent assourdissants. En prenant son bain, elle eut l'impression d'être devenue une invalide et s'exhorta à la prudence. La dépression la guettait et elle devait s'en défendre à tout prix. Ecrire devenait hors de question. Allons, se dit-elle, prends les choses le plus sereinement possible. Ne pense plus à rien. Ferme toutes les portes.

En rouvrant les rideaux, elle vit que le temps était aussi beau que la veille et que la montagne, avec ses fines crevasses enneigées, était aussi nette qu'à quelques mètres de distance. Il n'y avait pratiquement pas de circulation ; ce jour-là n'était apparemment pas un jour comme les autres. En bas, dans le jardin, des serveurs en veste blanche immaculée disposaient des tables et des chaises légères sous le toit vitré de la terrasse. Puis ils se mirent à discuter sur l'opportunité de baisser les stores orange pour atténuer la chaleur du soleil, qu'on sentait déjà à travers la verrière. Quelque part dans le lointain, une cloche résonna faiblement. C'est dimanche, se dit-elle avec surprise.

Il lui fallait donc avoir recours à l'une de ces solutions

de remplacement dont elle avait maintenant le secret. Peut-être pouvait-elle se contenter de s'asseoir au soleil et de lire. Vraisemblablement, personne ne viendrait la déranger. A ce moment même, on devait aussi, dans d'autres chambres, finir de mettre au point quelque projet de dernière minute : elle imaginait bien les conversations. Mrs Pusey et Jennifer allaient probablement réclamer la voiture pour se faire conduire quelque part ; elles feraient un circuit touristique dans la montagne, couronné d'un déjeuner fin, par exemple. Les hommes qui venaient de Genève se retrouveraient pour une excursion, peut-être la traversée du lac en direction d'Evian. Mme de Bonneuil serait une des rares personnes qui resterait à lire dans son coin, en silence, comme à son habitude. La belle dame au chien, si longue et si mince, ne se montrait jamais dans la journée et il était impossible de l'imaginer autrement que mangeant des glaces et fumant, comme une écolière en congé. Selon toute probabilité, Edith se retrouverait donc ce jour-là livrée à elle-même et cette perspective n'était pas du tout pour lui déplaire. Empêtrée comme elle était dans les intrigues de son nouveau roman, dont le principal avantage était de lui permettre d'oublier des événements qui n'avaient rien d'imaginaire et échappaient à son contrôle, elle ressentait une lassitude qui excluait toute espèce d'enthousiasme, d'initiative ou de détente. Aussi la lecture d'un ouvrage de fiction, ressource séculaire des anxieux, lui parut-elle s'imposer, bien que le choix d'un livre présentât des difficultés. En effet, quand elle-même écrivait, elle ne pouvait rien lire qu'elle n'eût déjà lu précédemment et, dans l'état d'épuisement où elle se trouvait, sa fébrilité, imperceptible aux autres, pouvait lui rendre étrangères les choses les plus familières. Certains mots, par exemple, se déformaient. Ainsi « fleurs » devenait « pleurs ». C'est pourquoi, craignant de transformer en un tissu d'absurdité des textes qui lui étaient précieux, elle récusa à regret Henry James. Elle savait aussi qu'aucune œuvre ne ferait l'affaire si elle était trop longue et ne saurait la satisfaire si elle était trop courte. De toute façon, elle se sentait incapable d'attention soutenue. En fin de compte, son choix se porta sur un recueil de nouvelles, dont le titre était superbe : *Ces plaisirs, qu'on nomme, à la légère, physiques*. Colette, cette vieille renarde malicieuse, répondrait, elle le savait, à son attente.

Bien que la terrasse ne fût pas déserte, le silence y régnait. Mme de Bonneuil était assise à un bout, vêtue d'un ensemble beige, robe et paletot, légèrement taché sur le devant, et coiffée d'un chapeau beige cabossé. La canne plantée entre les jambes, les yeux fixés sur la route, elle gardait à sa portée, sur la table près d'elle, un énorme sac marron. A l'autre bout, silencieuse sur sa chaise longue, immobile derrière d'immenses lunettes noires, était étendue la femme au chien.

Toute radieuse que fût la journée, elle contenait pourtant les germes de sa propre évanescence : c'était la dernière de l'été. Le soleil incendiait un ciel bleu sans nuages ; les asters et les dahlias se dressaient fixement dans la claire lumière, une lumière sans flamboyance ni éclat. Les arbres avaient déjà perdu leur feuillage épais et sombre du mois d'août et des premiers jours de septembre qui avaient été exceptionnellement beaux et cela rendait d'autant plus poignant le dessèchement de leurs feuilles jaunissantes qui, de temps en temps, se détachaient et tombaient, légères et silencieuses. M. Huber passa du salon à la terrasse et se frotta les mains de satisfaction. En ce jour propice, il aurait beaucoup de clients occasionnels à l'heure du déjeuner et du thé. Mais, en attendant, tout était calme. Personne ne disait mot. Seule, par moments, la chute d'une châtaigne troublait le silence.

L'homme en gris, vêtu d'un complet plus clair et encore un peu plus élégant que la veille, et tenant, au grand ravissement d'Edith, un panama à la main, sortit dans le jardin et jeta un coup d'œil alentour. Apercevant la femme au chien, il vint vers elle et se pencha au-dessus du corps indolent pour poser une question apparemment badine : une longue main flasque, emmanchée d'un bras très blanc, se leva mollement en guise de réponse. L'homme vêtu de gris, après avoir adressé un signe de tête à Edith, puis un autre à Mme de Bonneuil, arborant de nouveau pour l'occasion son sourire énigmatique, retourna vaquer à ses affaires.

Dès qu'il eut tourné le dos, la femme au chien se redressa avec vivacité et se pencha du côté d'Edith pour murmurer anxieusement : « Hep ! Hep ! Excusez-moi, je ne connais pas votre nom. Je vous en prie, soyez un ange et venez vous asseoir près de moi. Je ne veux pas qu'aujourd'hui cet homme me tourne encore autour. Je ne pourrai pas l'envoyer promener sans faire du scandale. Et c'est ce qui est plus ou moins dans mes intentions, je vous l'assure. »

Docilement, mais avec l'ombre d'un vague regret, Edith referma son livre et traversa la terrasse dans sa longueur pour s'installer sur une chaise au chevet de la dame. Dire qu'il fait si beau, si calme ! songea-t-elle. C'est encore une chance qu'elle n'ait pas son chien.

« Je m'appelle Monica », dit la jeune femme en tendant sa main étroite et molle.

« Et moi, Edith », répliqua Edith en la lui serrant avec quelque réticence. Inutile de trop s'engager, pensa-t-elle.

« Je me suis posé des questions sur vous, dit Monica. J'avais envie de vous parler, mais vous étiez toujours avec la mère Pusey et je ne peux pas la voir en peinture. »

« Où est-elle donc ? » demanda Edith en faisant des vœux pour que l'autre baissât la voix. Elle espérait presque que Mrs Pusey, vêtue d'une dalmatique de brocart blanc, allait se matérialiser, surnaturelle et merveilleuse, pour lui permettre de retrouver son propre sens de l'ordre et de la hiérarchie en même temps que pour inaugurer les divertissements quotidiens qui s'imposaient.

« Dieu seul le sait ! Aujourd'hui, au moins, elles ne peuvent pas aller s'acheter de petites culottes. Oh, je vous prie de m'excuser !... De la lingerie. » Elle prononça ce dernier mot avec un accent français exagéré. « Bien que la mère soit tout à fait capable, à mon avis, de tirer quelqu'un du lit pour le forcer à ouvrir sa boutique, sous le simple prétexte qu'elle a sur elle deux mille francs à dépenser. »

« Oui, on dirait que l'argent ne leur manque pas », murmura Edith en s'efforçant de prendre un ton neutre. Elle avait l'impression d'être une femme de chambre en train de cancaner à l'office.

« Elles sont riches comme Crésus, reprit Monica. Le négoce, bien entendu. Le Cher Papa leur a laissé un argent fou... » Pour répondre à la curiosité d'Edith, elle ajouta : « Il était dans les vins. Importateur de xérès. Le plus drôle, c'est que la vieille ne peut pas en supporter le goût. Elle n'aime que le champagne. Bah, qui ne l'aime pas ? »

Edith, au souvenir de la dernière occasion qu'elle avait eue de boire du champagne, eut un frisson.

« Qu'est-ce qui ne va pas ? » demanda Monica.

Je suis fatiguée, songea Edith. Il faut que je sois prudente. Je ne vais tout de même pas faire des confidences à cette languide poupée de luxe qui, de toute façon, les trouverait ennuyeuses. Je dois m'en tenir à des propos insignifiants.

« Rien du tout, répondit-elle. Mais où est passé Kiki ? »

Le visage de Monica s'allongea : « Il est en pénitence. Bouclé dans la salle de bains. Vous savez, on ne peut pas attendre d'un petit chien comme lui qu'il se conduise aussi bien que s'il était à la maison, dans son élément. En plus, les Suisses détestent les chiens. C'est ce qui ne va pas chez eux, si vous voulez mon avis. »

« Etes-vous ici depuis longtemps ? »

« Des siècles, soupira Monica. Je suis là pour ma santé. »

« Oh, j'en suis désolée ! Vous venez d'être malade ? »

« Non, répliqua l'autre. Mais, dites-moi, pourquoi ne pas prendre un peu de café ? » D'une main impérieuse, elle fit signe à un serveur, discret comme une ombre. « C'est vraiment agréable de trouver quelqu'un à qui parler », reprit-elle. Elle paraissait recouvrer rapidement un entrain depuis longtemps disparu et, quand le café arriva, elle emplit sa tasse d'un geste large et désinvolte, bien qu'elle ne fît ensuite qu'y tremper les lèvres avant d'allumer hâtivement une cigarette démesurée, à l'aide d'un briquet dont la flamme avait bien cinq centimètres. Tout en elle semblait outré : sa haute taille, ses doigts d'une longueur extraordinaire, sa voix éclatante, ses trop grands yeux couleur d'huître qui, à l'abri des lunettes noires, étaient un peu rouges, ce jour-là. Il doit s'agir d'une dépression nerveuse, se dit brusquement Edith. A la suite d'un deuil. Allons, du tact !

Monica montra sa cigarette. « Interdit, bien entendu. Sévère mise en garde. Bah, je m'en fiche ! » Elle inhala très longuement la fumée, comme si elle allait devoir s'immerger dans l'eau profonde et, quelques instants plus tard, deux panaches gris s'échappèrent de ses superbes narines. Elle a peut-être une tache au poumon, songea Edith en corrigeant son hypothèse. Comme elle est belle ! Je ne m'en étais pas encore aperçue.

Un bruit de pneus sur le gravier leur fit tourner la tête. Mme de Bonneuil, son museau de carlin tout plissé par un sourire, s'efforça aussitôt de se lever. La portière d'une voiture claqua, puis un homme entra dans le jardin d'un air dégagé, suivi d'une femme en robe rouge dont les sandales à talon aiguille faisaient des trous dans le gazon. « *Eh bien, maman* !* » s'écria l'homme d'un ton faussement guilleret. Il y eut un échange de baisers.

« La pauvre vieille cloche ! dit Monica en baissant à peine la voix. Elle ne vit que pour son fils. Elle ferait n'importe quoi pour lui. Il vient la voir une fois par mois, il l'emmène faire un tour en voiture, puis il la ramène et l'oublie. »

« Pourquoi demeure-t-elle ici ? » demanda Edith.

Monica haussa les épaules : « C'est lui qui l'a décidé. Il lui trouve des manières trop rustiques pour avoir le droit de vivre sous le même toit que son abominable épouse, laquelle, soit dit entre nous, a débuté dans la vie comme coiffeuse avant de mettre le grappin sur un premier mari. Celui que vous voyez est le second. Mme de Bonneuil a une magnifique maison près de la frontière française. A propos, c'est une très vieille famille. Naturellement, sa belle-fille veut la maison pour elle toute seule. Alors, il a fallu que la vieille s'en aille. Elle ne peut pas sentir la femme de son fils, bien entendu. Elle la méprise. Elle n'a pas tort. Si elle accepte de vivre ici, c'est pour ne pas voir son fils malheureux. »

« Comment savez-vous tout ça ? » interrogea Edith, aussi surprise qu'impressionnée.

« Elle me l'a dit », répondit Monica en tirant sur une nouvelle cigarette.

« Je ne l'ai jamais entendue prononcer le moindre mot », murmura Edith d'un ton rêveur.

« Evidemment, ça ne lui est pas facile ! » admit Monica. En répondant au regard interrogateur d'Edith, elle ajouta : « Elle est sourde comme un pot. Quelle existence ! »

Elles se turent pour observer l'homme et sa femme, qui tentaient d'installer Mme de Bonneuil à l'intérieur de leur voiture. C'est ce qu'on appelle un couple de fâcheux, se dit Edith. L'homme avait un corps trapu, un teint basané, des lunettes noires. Il faisait penser à un croupier de casino, qui aurait été libre de son temps jusqu'à la tombée de la nuit. La femme, beaucoup plus jeune que lui, avait les cheveux noirs, l'air sensuel, l'allure d'une poule de luxe. Elle se remariera bien encore une fois, songea Edith lorsque la voiture s'éloigna. Cela permettrait à Mme de Bonneuil de rentrer chez elle. Il fallait du moins le souhaiter.

Monica est plus avisée que moi, se dit-elle un peu plus tard alors qu'elles se promenaient nonchalamment toutes les deux sur la rive du lac. Il n'est pas étonnant qu'elle ressemble à un sphinx. Bien qu'Edith eût passé une matinée très agréable en sa compagnie, elle avait été déconcertée quand l'autre avait insisté pour aller jusqu'au café reprendre un express et manger des gâteaux. Elle avait protesté : « C'est presque l'heure du déjeuner ! » Et Monica l'avait regardée un peu de travers. « Allons, venez donc ! avait-elle dit d'un ton suppliant. C'est dimanche. Et je suis écœurée de l'abominable poisson qu'on nous sert. »

Ensuite, en voyant Monica piquer résolument sa fourchette à gâteaux dans un éclair, Edith dut s'avouer qu'elle connaissait mal la nature humaine. Elle était capable d'inventer des personnages de romans, mais incapable de déchiffrer le caractère des gens. Pour se tirer d'affaire dans la réalité, elle avait besoin d'interprète. Cette jeune femme était bien agréable, oui, vraiment. Tout en étant susceptible, Edith s'en rendait compte, de semer la zizanie. M. Huber avait froncé les sourcils quand il l'avait vue prendre le large en direction du café, avec Edith sur les talons.

« Quelqu'un que je n'arrive pas à comprendre, c'est Jennifer », déclara sans façon Edith à Monica qui, appuyée au dossier de sa chaise, tirait avidement sur une nouvelle cigarette.

Les beaux yeux ovales de Monica perdirent toute expression. « Jennifer ? » répéta-t-elle. Et après un petit silence : « Jennifer, je vous assure, est la droiture même. »

Edith jeta un coup d'œil à sa montre et vit qu'il était

près d'une heure. « Il faut qu'on s'en aille », déclara-t-elle d'un ton ferme. Le visage de Monica s'allongea et reprit son masque de mélancolie opiniâtre. Pas de drame, par pitié ! se dit Edith. Elle tendit la main à la jeune femme qui demeurait immobile, la tête dans les épaules. « Allons, reprit-elle, vous êtes bien plus belle quand vous souriez. Et il fait si beau, aujourd'hui. Ne voulez-vous pas rentrer en même temps que moi ? » Lentement, comme à regret, Monica se laissa conduire jusqu'à la porte, avec un sourire encore réticent. Il y a un mystère là-dessous, songea Edith.

En rentrant à l'Hôtel du Lac, elles trouvèrent Mrs Pusey et Jennifer assises sur la terrasse, en compagnie de l'inconnu au panama. Il y avait une bouteille de champagne sur la table, à portée de leur main, dans un seau à glace.

« La voilà ! s'écria Mrs Pusey d'une voix mélodieuse. Venez donc vous joindre à nous, très chère. Nous nous demandions où vous étiez. » Elle ignora Monica qui, après avoir fait la grimace, remit ses lunettes noires et retourna dédaigneusement s'affaler sur sa chaise longue.

Très gênée pour sa nouvelle amie, Edith eut une hésitation, mais l'apparition, dans l'embrasure des portes, des serveurs qui annonçaient le déjeuner, serviette sur le bras, la tira d'embarras. Dès que Mrs Pusey (effectivement vêtue de blanc, ce jour-là) les eut aperçus, elle se concentra sur l'effort qu'elle devait fournir pour quitter son siège. L'homme au panama lui offrit son bras et, en compagnie de Jennifer qui portait la jaquette de sa mère, ils firent une entrée solennelle dans la salle à manger.

« Allons, venez, Monica », dit Edith.

Monica eut une moue de dégoût, leva de nouveau mollement la main, puis décida de se réfugier dans le sommeil.

L'après-midi fut doux et ensoleillé. La splendeur de cette journée incomparable ramena bientôt tout le monde sur la terrasse et Edith, qui ne voyait de Monica qu'une silhouette de gisante aux yeux rigoureusement clos, se joignit aux Pusey et à l'homme au panama, qui lui fut présenté sous le nom de Mr Neville. La première heure s'écoula dans le calme, car Mr Neville, qui avait réussi, on ne savait comment, à se procurer quelques journaux anglais du dimanche, avait eu l'amabilité de les passer à son entourage. Mais Mrs Pusey, après avoir feuilleté distraitement les pages des suppléments en couleur, poussa un soupir et déclara : « Que le monde est laid ! Cupidité, recherche du sensationnel, érotisme de bas étage et manque de goût sur toute la ligne. Grimpe là-haut me chercher mon livre, veux-tu, ma chérie ? »

Edith et Mr Neville, avec autant de courtoisie que de fermeté, tentèrent de faire la sourde oreille, mais Mrs Pusey reprit aussitôt : « Je suis une romantique, j'en ai bien peur. » Elle fit suivre sa déclaration d'un sourire en les voyant délaisser, bien qu'à contrecœur, l'*Observer*, le *Sunday Times*, le *Sunday Telegraph*. « C'est que, voyez-vous, mon éducation m'a portée à croire aux vraies valeurs. » Nous y voilà, se dit Edith en étouffant un très léger bâillement. « Pour moi, l'amour est inséparable du mariage, dit encore Mrs Pusey. Et celui qui aime d'amour est obligé de se montrer galant. De même que toute femme doit savoir se faire adorer d'un homme. » Mr Neville acquiesça poliment, comme s'il reconnaissait le bien-fondé de cette opinion. « Mais peut-être ai-je été chanceuse. Mon mari m'adorait », poursuivit Mrs Pusey avec un petit rire. Elle baissa les yeux sur l'encolure de sa blouse de soie et en renoua les pans. « Merci, ma chérie », dit-elle alors à Jennifer, qui lui tendait un livre de poche dont la couverture illustrée prétendait au style Art Nouveau. « Ah, voilà le genre d'histoire qui me plaît ! » dit-elle un peu plus tard. Car elle était capable de parler même en lisant.

« Le Soleil à Minuit », mentionna Mr Neville d'une

voix grave. « Vanessa Wilde. Ce n'est pas un auteur que je connais », reprit-il à l'adresse d'Edith qui, tournée de profil, regardait au loin, de l'autre côté du lac.

« Mais, à mon avis, ce n'est pas l'un de ses meilleurs livres », dit Mrs Pusey.

Edith en fut blessée dans son amour-propre. Et moi qui étais tellement contente de celui-là ! pensa-t-elle. Il date de l'été où David est allé en vacances avec sa femme, furieux de perdre son temps sur une plage de Grèce. Moi, je m'imaginais qu'il s'amusait follement et je passais dix heures par jour à écrire pour m'empêcher de penser à lui. J'en étais plutôt fière. Il y a trois ans, déjà.

Voyant sa brusque pâleur et la nostalgie qui embrumait son regard (« Tu as besoin de lunettes, Edith ! » aurait dit Penelope), Mr Neville se pencha.

« Quand j'aurais commandé du thé pour ces dames, lui dit-il, n'auriez-vous pas envie de faire une petite promenade ? La journée est trop belle pour ne pas en profiter. Nous n'aurons peut-être plus un temps pareil. »

Edith ne répondit pas immédiatement. « Mais, oui, allez-y, très chère, dit Mrs Pusey d'une voix lointaine, comme pour bien montrer qu'elle était perdue dans sa lecture. J'espère que nous vous verrons après dîner. »

Quelle journée mouvementée ! songea Edith un peu plus tard, reconnaissante à son compagnon de rester silencieux. Ils s'éloignaient lentement de la petite ville et marchaient le long du lac. Sévère, sinistre même, le château, silhouette rébarbative qui servait de correctif aux reflets aveuglants de l'eau, se dressait sur une bande de terre qui avançait sur le lac comme pour barrer le passage. Bientôt, il allait cacher le soleil et sa masse énorme, devenant de plus en plus sombre, aurait alors l'air de marcher vers eux. D'instinct, ils s'arrêtèrent pour ne pas assister à cette extinction rituelle, et ils allèrent s'accouder sur le parapet. En cette heure incertaine qui annonçait la fin de l'après-midi, le jour se décolorait avec une lenteur extrême et le ciel virait du bleu au blanc. Edith se sentit gagnée par la mélancolie que suscite toujours l'approche de la nuit. Son compagnon lui lança un coup d'œil. « Pourquoi ne pas s'asseoir un moment ? » suggéra-t-il en l'entraînant vers un banc de pierre. Il croisa ses chevilles élégantes et lui demanda la permission d'allumer un petit cigare.

« A propos, Mrs Woolf, dit-il, je ne crois pas que nous ayons été présentés dans les règles... Je m'appelle Philip Neville », ajouta-t-il.

Alors, d'un regard pénétrant, Edith enregistra dans sa totalité la présence du personnage dont elle ne connaissait guère jusque-là que les chevilles et le profil qu'il présentait en écoutant Mrs Pusey.

« Préférez-vous que je vous appelle Vanessa Wilde ? »

Pour la première fois depuis des semaines, Edith se mit à rire. Et la résonance de son rire, devenue pour elle insolite, l'étonna beaucoup. Bientôt, le rire dégénéra en fou rire. D'un air ravi, Mr Neville surveilla les éruptions successives de cette hilarité trop longtemps enfouie. Et, en fin de compte, il s'y associa. Il avait toujours le sourire aux lèvres quand Edith s'essuya les yeux.

« Eh bien, permettez-moi de vous le dire, la gaieté vous va infiniment mieux que votre expression habituelle. »

Edith le regarda avec surprise. « Il ne me serait pas venu à l'idée qu'on puisse s'intéresser à mon expression, dit-elle. Je croyais plutôt servir de faire-valoir, d'auditrice passive, et seulement dans la mesure où un mannequin articulé peut être utile à un peintre : on le met au rancart dès qu'on n'en a plus besoin. »

« Vous vous prenez pour un mannequin articulé ? »

« Non, mais c'est ainsi que les autres me voient. »

« On vous demande d'être là sans ouvrir la bouche ? »

« On me demande d'écouter et de ne pas prendre la parole. »

« Eh bien, pour quelqu'un qui ne prend pas la parole, vous vous comportez de façon plus qu'éloquente. »

« Mais je n'avais pas l'impression... »

« D'avoir l'air un peu trop solennelle ? Ça ne veut pas dire que vous passiez pour une personne grimacière. Je me figure que ce n'est pas votre genre. »

« N'en soyez pas si sûr », dit Edith, brusquement assombrie.

« Non, non, je ne sens pas chez vous de dissociation. Je m'explique : si j'étais plus jeune et plus snob, je prétendrais sans doute être en mesure d'analyser les signifiants de votre discours. »

Edith ne put s'empêcher de sourire.

« Ah, voilà qui est mieux ! déclara-t-il. Oui, je prétendrais qu'il s'agit plutôt de ras-le-bol. »

La douceur du ton et l'espèce de gentillesse de la remarque lui firent monter le rouge aux joues. Elle prit le temps de souffler un peu, puis elle acquiesça d'un hochement de tête, les yeux brillants.

« Eh bien, dit-il, j'en étais sûr. C'est pourquoi je suggère que nous sortions ensemble un de ces jours. Connaissez-vous la montagne du côté sud ? »

Elle fit signe que non.

« C'est un pays de vignobles, reprit-il. Où il y a d'excellents restaurants. Je vous passerai un coup de fil, si vous le permettez. »

Ils revinrent sur leurs pas et rentrèrent à l'hôtel. Sur la terrasse, Mrs Pusey et Jennifer s'apprêtaient à se retirer. On échangea poliment quelques simagrées. De Monica, il n'y avait pas trace. Le sourire de Mme de Bonneuil s'était teinté d'anxiété. Elle était assise en compagnie de son fils et de sa belle-fille, occupés à discuter bruyamment de sujets qui n'intéressaient qu'eux-mêmes et dont elle ne pouvait rien entendre. Finalement, le fils, sur un signe de tête de sa femme accompagné d'un

« On s'en va ? »*, se leva avec empressement pour prendre congé. La belle-fille, après avoir tendu sa joue à la vieille dame, s'en fut d'un pas sautillant vers la voiture. Mme de Bonneuil essaya de retenir son fils. Mais un coup de klaxon retentit et il cria : *« J'arrive* »*, avant d'embrasser à grand bruit sa mère sur les deux joues. Mme de Bonneuil resta debout sur la terrasse, à regarder longuement en direction de son fils disparu, si longuement que le silence où elle passait ses jours devint comme palpable pour Edith et pour Mr Neville.

Ce soir-là, au dîner, Edith, seule à sa table, se reprit à sourire par moments. Elle but son café en compagnie des Pusey et leur demanda assez vite de bien vouloir l'excuser. Elle ressentait, en effet, une douce fatigue et même un certain contentement.

« Jennifer, dit Mrs Pusey d'un ton pressant, demande donc à ce charmant Mr Neville de se joindre à nous. Il est tout seul, le pauvre. »

Oh, Mr Neville n'a pas besoin qu'on veille sur lui ! pensa Edith. Et c'est en souriant qu'elle se dirigea vers la porte.

Il y avait un clair de lune. Elle s'en aperçut en ouvrant les épais rideaux de sa chambre pour aller sur le balcon. L'air était d'une douceur laiteuse. Elle s'assit et resta là un moment, perdue dans ses pensées. Une belle nuit, agréable et calme. Exceptionnellement calme. Elle se sentait bien et, quand elle finit par rentrer dans sa chambre pour se brosser les cheveux devant la glace, elle se dit : Cette nuit, je dormirai mieux.

Mais, dans le couloir, un cri suraigu, suivi d'un bruit de pas précipités, la fit sursauter d'effroi. Immobile, elle tendit l'oreille et d'anciennes peurs se réveillèrent en elle. Quand elle eut la force d'entrouvrir sa porte, elle vit de la lumière venir de la suite des Pusey et elle entendit qu'on parlait. Oh, mon Dieu, se dit-elle, c'est une crise cardiaque ! Alors, elle trouva le courage d'aller voir.

Une porte était ouverte, celle de Jennifer, et Jennifer en personne, dans une chemise de nuit de satin dont les épaulettes glissaient sur ses bras dodus, riait et poussait des gémissements, recroquevillée sur son lit, les genoux au menton. Sa mère, en kimono de soie rose pâle, se tenait près de la porte, la main sur la bouche. Dans un coin de la chambre était accroupi Mr Neville qui, occupé à quelque mystérieuse besogne, agitait un journal. Il finit par se relever pour aller flanquer quelque chose par la fenêtre.

« Tout danger est écarté, maintenant, déclara-t-il. Plus trace d'araignée. »

Il lança un bref coup d'œil à Edith.

Mrs Pusey vint vers lui et posa la main sur son bras.

« Comment vous remercier ? dit-elle, haletante. Les araignées la terrifiaient déjà quand elle était toute petite. »

Mais elle n'est plus toute petite, actuellement, se dit Edith. Son cerveau venait, en effet, d'enregistrer l'image d'une Jennifer dont elle n'avait pas encore soupçonné l'existence. C'est une odalisque, songea-t-elle. Et sa chemise de nuit dévoile en abondance des chairs qui n'ont plus rien d'enfantin.

Dans le couloir, Edith, d'un signe de main, souhaita bonne nuit à Mr Neville, dont le sourire énigmatique avait reparu.

Plus tard, dans la nuit, Kiki se réveilla affamé d'un long sommeil de convalescent et se mit à geindre. Ses plaintes durèrent jusqu'à l'aube. Au moment où Edith allait enfin se rendormir, elle crut entendre une porte se fermer.

VI

« David, mon bien-aimé,

« Quelqu'un m'a arraché mon masque, mais laissons ça pour le moment.

« Pardonne-moi de ne pas t'avoir écrit depuis deux jours, mais le désert qu'était pour moi l'Hôtel du Lac s'est mis à fleurir depuis que j'ai fait la connaissance de certaines gens bizarres. Je crains que Mrs Pusey et Jennifer ne puissent plus compter sur moi pour écouter le récit de leurs expéditions en ville, toujours victorieuses (d'où elles rapportent le dernier truc ou le plus beau machin, quel que soit le genre du butin), car c'est à mon tour, maintenant, d'aller à la chasse au trésor, encouragée à ce sport inhabituel par ma nouvelle amie Monica (Lady X.), qui est ravie d'avoir un prétexte pour louer une voiture et filer à toute allure vers quelque endroit de sa connaissance, où elle peut m'attifer de belles nippes qui sont plus à son goût qu'au mien. A vrai dire, l'idée me traverse parfois l'esprit qu'elle a davantage de points communs avec Mrs Pusey que l'une et l'autre n'en ont avec moi. Mais, pour une raison que j'ignore, elles ne sont pas en bons termes et je leur sers d'Etat tampon. Je suis victime d'une balkanisation assez considérable. Je ne peux pas dire que tout ça soit vraiment passionnant, mais j'ai fait l'acquisition d'une très jolie robe de soie bleue et je crois qu'elle te plaira. Monica prétend que cette robe me rajeunit de plusieurs années. Je suis épouvantée en pensant à l'allure que je pouvais avoir à mon arrivée.

« Monica est en soi une compagne stimulante, pour ne pas dire exigeante. Et j'ai fini par découvrir ce qu'elle fait ici. Monica a ce qu'on appelle, par euphémisme, de petits problèmes d'appétit : c'est ainsi, du moins, qu'elle en parle. On peut lire dans les magazines une foule d'articles sur ce genre d'ennuis. En ce qui la concerne, elle rejette avec dégoût ce qu'on lui sert, au milieu de cette morne salle à manger déjà suffisamment ternie par les effets dévastateurs d'un ennui intense, et elle finit par en refiler en douce une bonne partie à Kiki, assis sur ses genoux. Mais, en dehors des repas, on la découvre parfois dans un café près de la gare en train de manger des gâteaux. Les dessous de l'affaire ne manquent pas d'intérêt. Son noble époux, impatient d'obtenir d'elle un héritier, l'a expédiée ici avec ordre de se mettre en état de fonctionnement ; si ça ne marche pas, Monica sera remerciée et priée de vider les lieux pour permettre à Sir John de prendre d'autres dispositions. Naturellement, elle fait la tête. Elle mange des gâteaux comme d'autres s'adonnent aux bonnes œuvres. Mais elle est très triste, car elle aussi meurt d'envie d'avoir un enfant et, à mon avis, elle n'en aura jamais. Elle est si belle, si mince, si fin de race. L'ossature de son bassin fait penser au bréchet d'un oiseau !

« Jusqu'ici, nos petites virées ont suivi le même schéma. Nous nous baladons dans la ville et elle fait de grands gestes dédaigneux devant les articles de luxe, parfois très chers, qu'on voit dans les boutiques. Puis, quand nous arrivons devant chez Haffennegger, elle prétend qu'il lui faut de toute urgence une tasse de café. J'ai l'impression de me promener avec un gosse ; elle s'arrête brusquement en refusant d'aller plus loin et c'est alors que Kiki s'en mêle et que nous entrons. La tasse de café s'accompagne obligatoirement de plusieurs gâteaux, car elle ne prend pas la peine de me jouer la comédie. Elle dit qu'elle se sent bien en ma compagnie (qui ne l'est pas ?) et j'ai droit, une fois de plus, au long récit incohérent de ses malheurs. Elle déteste son mari et elle le craint, mais seulement parce qu'il n'a pas su la protéger et qu'il la condamne à la solitude et à l'exil. Sur ce point, elle fait montre de prescience. Je la vois d'ici à quelques années répudiée et pensionnée, assignée à résidence loin de son pays, dans cet hôtel ou dans quelque autre Hôtel du Lac, son beau visage encore plus creusé par le mépris et son chien perpétuellement sous son bras. Son ultime moyen de défense sera la morgue invétérée dont elle use déjà sans vergogne. Elle méprise la famille de son mari, une famille de parvenus qui a fait fortune dans la quincaillerie d'outillage (j'ai cru comprendre que l'ancêtre avait inventé, au début du dix-neuvième siècle, un certain engin de petite taille, mais d'importance cruciale) et elle ne cesse de louer la qualité immaculée de sa propre lignée. Mrs Pusey dirait sans doute qu'elle a les dents longues et qu'elle a fait un mariage d'argent. Cependant, il est peu plausible qu'elle puisse retrouver un mari riche et, quand elle envisage son avenir, la tristesse allonge son beau visage hiératique.

« Naturellement, tout ça occupe une bonne partie des heures que je comptais passer à écrire, mais je me suis dit que je pourrais rester ici un peu plus longtemps que prévu. Le temps est encore magnifique.

« Et je prends aussi de l'exercice, ce dont j'ai grand besoin. Un des clients de l'hôtel, un certain Mr Neville, qui ressemble assez à ce portrait du Duc de Wellington qui a été récemment volé à la National Gallery, m'a emmenée hier faire une longue promenade... »

Edith posa son stylo, jugeant inopportun d'en dire plus long. A la frange de sa conscience, quelques ressentiments assez sordides n'attendaient que l'occasion de se manifester. En fait, elle n'était pas très fière de perdre son temps à parler chiffons ou à supputer l'importance des revenus et les chances d'avenir des autres ; ce genre de discussion lui avait toujours paru intrinsèquement médiocre. Malheureusement, elle finissait toujours par se trouver mêlée à de pareilles conversations et, tout en n'y jouant aucun rôle actif, elle n'en sortait jamais indemne. Avec Monica, par exemple. Monica la faisait entrer dans un monde affligeant de sarcasme, de provocation, de persiflage et d'agressivité. Les plus vieilles ruses du commerce sexuel dévoilaient toute leur vilenie à travers le refus de Monica de se comporter avec dignité : par pur cynisme, elle portait atteinte à l'honneur de son mari, l'humiliait et le faisait chanter en le menaçant de ruiner sa réputation s'il la répudiait. Dès qu'il cherchait des compensations et des solutions de rechange, elle se sentait perdue, mais elle l'attendait au tournant, comme on guette un ennemi. Et quand ils se retrouvaient, elle s'employait, à force d'affronts et de scandales, à raviver la fureur de leurs anciens conflits. En attendant, elle lui faisait perdre son temps, elle dépensait son argent, elle ruminait sa vengeance. Et, comme elle se prenait toujours pour une grande aventurière, il lui fallait une confidente, une suivante modeste et complaisante auprès de qui elle s'épanchait, mais dont elle pouvait négliger l'opinion.

Edith se fit la réflexion que Mrs Pusey lui faisait jouer le même rôle. Aussi Mrs Pusey et, par extension, Jennifer commencèrent à lui apparaître sous un éclairage un peu plus brutal qu'auparavant. La réussite de Mrs Pusey était de celles que Monica jugeait méprisables : bourgeoise, fastueuse, tapageuse. Les allusions de Mrs Pusey à son mari gênaient beaucoup Edith, peut-être parce qu'elles étaient apparemment fonction du narcissisme de Mrs Pusey. Mr Pusey, qui n'avait toujours pas de prénom, serait aussi resté sans profession ni domicile si l'un et l'autre n'avaient pu se déduire opportunément de certains faits. Son caractère, ses goûts et même son aspect physique s'enveloppaient de mystère. La manière dont il avait quitté ce monde et la date de son départ étaient obscures et indéterminées, mais Edith avait compris qu'elle ferait mieux de ne pas provoquer cette ultime révélation, car cela l'obligerait à offrir les marques de sympathie et les condoléances qu'on attendrait forcément d'elle. Moi aussi, j'ai un passé, se dit-elle dans un accès d'indignation tout à fait inhabituel. Moi aussi, j'ai mes deuils et mes malheurs, dont certains sont on ne peut plus récents. Mais j'ai appris à les cacher, à les protéger des regards, à les tenir à distance. Le fait d'exhiber mes blessures serait pour moi le symptôme d'une sorte d'incontinence émotionnelle qui me ferait probablement honte par la suite.

Ce qui embarrassait pourtant Edith, c'était moins l'exibitionnisme tranquille de Mrs Pusey que les éclairs de lubricité qui lui échappaient par moments. La propension à la galanterie de la dame, même quand elle n'avait aucun galant sous la main, était assez troublante, bien qu'elle cédât à son penchant avec une telle absence d'inhibition qu'on eût pu le croire inoffensif. Dans les rares occasions où Mrs Pusey était restée sans compagnie, Edith l'avait vue déployer des trésors d'ingéniosité pour attirer les regards par une série de micmacs qui, inévitablement, incitait quelqu'un à lui venir en aide. Son agitation ou son énervement cessait dès qu'elle avait réussi à capter l'attention de la personne qu'elle jugeait indispensable à la réalisation de ses projets immédiats. Quant au fantastique éloge, aussi opiniâtre que naïf, qu'elle faisait d'elle-même et de ses charmes, il semblait vaguement absurde chez une femme de son âge. On pouvait en dire autant de sa volonté de ne jamais abdiquer, même en faveur de Jennifer, qu'elle éclipsait complètement et qui devenait insignifiante, comparée à cette mère au regard ardent et à l'air conquérant, toujours follement soucieuse d'être habillée à la dernière mode. Et ces *déshabillés** exotiques, qu'Edith avait aperçus dans sa chambre et qui n'étaient pas toujours du meilleur goût, fallait-il en rire comme d'une toquade anodine, d'une simple passion pour la toilette, pour les déguisements ? Ils n'étaient sûrement, indubitablement, rien d'autre, mais Edith continuait à s'interroger et sentait ses vieux préjugés tout prêts à resurgir. Sa mère, Rosa la Viennoise, n'aurait pas tergiversé, quant à elle. Il lui aurait suffi d'un coup d'œil à Mrs Pusey pour donner libre cours à sa sinistre hilarité : elle aurait tout de suite reconnu que cette dame avait du tempérament. C'était la qualité qu'elle admirait le plus chez une femme et elle en discutait souvent avec sa sœur et sa cousine, à l'époque lointaine où toutes les trois discouraient sur leurs conquêtes et leurs rivales, presque à portée de voix de leur mère ou de leur tante. *Très portée sur la chose**, auraient-elles déclaré d'un commun accord, dans ce français à l'accent atroce qui leur servait de langage codé. Puis Rosa aurait fait la grimace, non pour signifier son mépris, mais pour manifester la hargne vengeresse que lui inspiraient ses années de vie gâchées, ces années qui, au lieu d'être remplies de liaisons tumultueuses, avaient été monopolisées par un mari devenu peu à peu complètement muet et par une enfant silencieuse.

Si Mrs Pusey détestait Monica, c'est parce que celle-ci était à la fois une révoltée et une ratée. Pour Mrs Pusey, Monica était non seulement une personne aux dents longues, mais encore une femme d'un genre qu'elle n'aurait pas, elle Mrs Pusey, daigné admettre en sa présence. A ses yeux, l'insolence hautaine qui était chez Monica comme une seconde nature n'était rien d'autre qu'une « façade ». Mrs Pusey ne révélait pas ce qu'il y avait derrière cette façade, mais elle laissait entendre qu'elle le savait.

Edith se disait aussi que ce qui amenait tant de femmes à songer au mariage, c'était la fréquentation des autres femmes. Elle-même en avait fait l'expérience. Car, en dépit de son petit air distant, elle n'avait pu empêcher Penelope Milne de chercher à la faire profiter continuellement de ses confidences et, pis encore, de se croire autorisée à lui poser des questions. Mais, l'air plus sérieux que jamais, ne songeant apparemment qu'à cultiver son jardin et à écrire, Edith ne lui répondait rien et déplorait en silence l'absence de David.

On la prenait pour une vieille fille ou, du moins, pour une femme sans homme. Certaines célibataires excitées de sa connaissance levaient les yeux au ciel avec désespoir quand elle leur déclarait qu'eh bien, non, il n'y avait personne dans sa vie. Ces dames n'avaient jamais deviné qu'elle mentait. En toute modestie, elle admettait qu'elle mentait bien : elle estimait parfois que le temps qu'elle avait passé à créer des situations romanesques l'avait préparée à ce qui lui arrivait, cette aventure décisive, ce rêve personnel devenu réalité. Elle savait que David ne mentait pas aussi bien qu'elle et qu'il lui était même arrivé de laisser entendre imprudemment à sa femme, lors d'une de leurs violentes querelles, qu'il pouvait aller se consoler ailleurs. Mais sa femme s'était contentée d'un rire méprisant, car elle était trop consciente des responsabilités écrasantes — maisons, enfants, prestige professionnel — auxquelles il ne pouvait se permettre d'échapper. Les amis de David lui témoignaient de l'indulgence : parce qu'il était séduisant, ils lui reconnaissaient le droit de se distraire un peu. Mais s'ils le soupçonnaient d'en profiter, c'était avec un tas de minettes délurées ou avec les épouses des autres. Jamais avec elle.

Elle connaissait sa femme, bien entendu, mais elle s'arrangeait pour ne jamais la voir. Naturellement portée à vivre en recluse, elle trouvait tout à fait normal qu'on l'abandonnât à son sort. Un jour, ayant reçu une invitation à dîner, elle s'était résignée à l'accepter par simple politesse, sans savoir qu'il serait là, lui aussi. Mais, juste avant d'entrer dans le salon, elle avait reconnu son rire triomphant et, prise de désarroi, elle s'était alors demandé s'il lui faudrait plus de courage pour rebrousser chemin que pour avancer. En l'occurrence, ses jambes avaient dû la porter malgré elle, car elle s'était retrouvée installée dans un fauteuil, un verre à la main, et elle s'était sentie parfaitement normale à tous égards. Ce soir-là, elle se comporta avec toute la décence que, bien entendu, on attendait d'elle : calmement, poliment, sans grande hardiesse. Alors qu'elle écoutait le charmant monsieur entre deux âges assis à sa gauche (et que leur hôtesse les couvait tous les deux d'un œil ravi de propriétaire), elle regarda à l'autre bout de la table et vit la femme de David, les joues empourprées, qui buvait sec et discutait ferme. Séduisante, se dit-elle douloureusement, mais mal dans sa peau tout de même ! A ce moment, son voisin lui tendit un briquet pour allumer la cigarette qu'elle venait d'accepter et elle se tourna vers lui avec son éternel sourire plein de gravité. Plus tard, la soirée tirant à sa fin, elle s'aperçut que David avait posé le bras sur le dossier de la chaise de sa femme qui, le regard flou, le rouge aux joues, se taisait. Persuadée qu'ils allaient faire l'amour en rentrant, Edith se leva brusquement pour prendre congé et remercier son hôtesse de cette merveilleuse soirée.

« Comment, vous partez déjà ? Mais il est encore bien tôt ! »

« Veuillez m'excuser. Il y a quelque chose que j'aimerais assez terminer... »

« Pauvre Edith, qui va veiller toute la nuit... Mais quels livres ravissants ! Nous sommes tous vos lecteurs enthousiastes. A propos, dites-moi, comment allez-vous faire pour rentrer ? »

Aussitôt, son voisin de table lui proposa de la reconduire avec sa voiture. Ils partirent ensemble. Tout au long du trajet, de Chesham Place jusqu'à sa porte, Edith ne trouva pas grand-chose à dire. Et celui qu'on lui avait présenté sous le nom de Geoffrey Long resta silencieux, lui aussi. Mais elle était vaguement consciente de sa présence affable et réconfortante. Elle le pria de ne pas descendre de voiture et l'invita à passer boire un verre un de ces soirs. Puis, quand ils eurent échangé leurs numéros de téléphone, elle entra dans son petit jardin et lui fit un signe d'adieu. Après avoir cueilli un brin de lavande, elle l'écrasa entre ses doigts et en respira l'arôme. Elle pénétra enfin dans la maison. Oh David, David ! songea-t-elle.

Elle savait trop bien qu'il n'était pas homme à se refuser quelque chose. Et qu'elle participait aussi à son hédonisme. Cela, elle ne devait pas l'oublier.

Le lendemain matin, en téléphonant à son hôtesse, elle apprit que la soirée avait été une sorte de fiasco après son départ. Du moins, c'est ce qu'on voulut lui laisser entendre. « Priscilla est vraiment insupportable. Je plains ce pauvre David, par moments. Malgré tout, ils sont fous l'un de l'autre. » Elle imagina des scènes, des conflagrations, des mises en accusation. Mais la dame parlait déjà d'autre chose : « Je suis absolument ravie que vous fassiez bon ménage avec Geoffrey. La mort de sa mère l'avait complètement déboussolé. Il faut que, tous les deux, vous reveniez me voir très bientôt. » Consciente de ne pas tenir à retourner là-bas et bien décidée à laisser Geoffrey entre les mains expertes de cette marieuse, Edith déclara qu'elle allait devoir s'éclipser le temps de finir son livre, mais qu'elle donnerait signe de vie dès qu'elle serait en mesure d'organiser un peu mieux son temps. Et qu'elle serait enchantée si la dame acceptait de venir prendre le thé chez elle un de ces jours. Son jardin était si joli en cette saison !

Il y avait quatre ans de cela. Et le souvenir désagréable que lui avait laissé David au cours de cette soirée s'était estompé assez vite. Peu après, Penelope, qui aimait rassembler son petit monde, qu'on eût ou non conscience d'en faire partie, emmena Edith à une vente aux enchères chez Simmonds. Elles trouvèrent d'abord David en compagnie de son magasinier, Stanley : les deux hommes, en manches de chemise, étaient assis, paisibles et silencieux, sur des caisses d'emballage et, sur une troisième caisse, étaient posées deux grandes tasses de thé et une assiette chargée de tartelettes aux confitures dont les couleurs étaient particulièrement virulentes.

David se leva de sa caisse et, aux remarques moqueuses que lui faisait Penelope, il opposa un visage souriant et attentif qui, Edith le comprit, dissimulait bien autre chose. Troublée par son regard, Penelope piqua un fard, mais devint vite volubile. « Il est deux heures et demie, David », annonça Stanley. Penelope se retourna pour dire quelques mots bienveillants à Stanley et Edith s'efforça de garder un visage inexpressif quand David, en remettant son veston, chercha à attirer son attention et se permit de lui faire un clin d'œil presque imperceptible. Ainsi, sans que fût prononcé le moindre mot, elle sut qu'il allait venir.

Elles le retrouvèrent presque aussitôt en pleine action. Coincées au milieu de rangées de chaises, redevenues dociles comme des écolières, elles avaient devant les yeux une espèce d'estrade. Et, de sa tribune, David, marteau en main, annonçait : « Lot numéro cinq. *Le Temps dévoilant la Vérité*. Attribué à Francesco Turini. Y a-t-il une enchère ? »

A l'Hôtel du Lac, assise dans sa chambre couleur de veau cuit, les mains sur ses genoux, Edith se demanda brusquement ce qu'elle faisait là. Puis elle se souvint et se mit à trembler. Et à songer avec remords aux petites injustices qu'elle avait commises, aux pensées indignes que lui avaient inspirées les excellentes femmes qui l'avaient prise en amitié et auxquelles elle n'avait rien révélé d'elle-même. J'ai été jusqu'ici trop dure envers les femmes, se dit-elle, mais c'est parce que je les comprends mieux que les hommes. Je connais leur vigilance, leur patience, leur besoin de se faire valoir, leur refus de jamais admettre le moindre échec. Si je sais tout cela, c'est que je suis l'une d'entre elles. Si je suis dure, c'est que je me souviens de ma mère et de sa méchanceté, et que je suis toujours forcée d'imaginer le pire. Mais toutes les femmes ne sont pas comme ma mère et c'est vraiment stupide de ma part de supposer qu'elles le sont. Edith, aurait dit mon père, réfléchis un peu. Tu viens de faire une erreur d'équation.

Elle baissa la tête, vaincue par le sentiment de son indignité. J'ai pris en vain le nom de Virginia Woolf, pensa-t-elle.

Elle demeura longtemps assise, puis, avec résignation, elle se leva, se lissa les cheveux, saisit son sac à main et descendit au salon.

Une seule personne y prenait le thé et c'était Mme de Bonneuil, dont les vieilles mains tachées de brun chassaient les miettes tombées sur le devant de sa robe. Edith lui fit un sourire auquel la dame répondit par un signe de tête. L'hôtel s'était désempli depuis le week-end. La saison restait belle, mais elle devenait vaguement languide, comme si son emprise sur la chaleur et la lumière ne cessait de décroître. Sur la terrasse, le doux éclat du soleil se chargeait d'une sorte d'opacité que l'après-midi déclinant, de plus en plus court au gré des jours, transformait en brume. L'atmosphère était humide et tiède, annonciatrice d'averses. Et une fois de plus, la montagne allait se dissoudre dans le fin brouillard.

« Ah, vous voilà, ma chère ! dit Mrs Pusey. Vous êtes presque devenue une étrangère pour nous, ces jours-ci. Jennifer a cru que vous nous aviez abandonnées pour de bon. N'est-ce pas, ma chérie ? »

Jennifer, qui laissait en repos, pour une fois, son superbe système digestif, leva les yeux de son livre, *Le Soleil à Minuit*, pour sourire à Edith.

« Oui, nous pensions que vous aviez oublié notre existence, confirma-t-elle. Maman en était toute retournée. »

Avec des murmures de protestations, Edith s'affala dans son fauteuil d'osier et leur demanda des nouvelles de leur journée. Elle en fut récompensée par leur mimique ravie et par un flot d'informations délicieusement insignifiantes.

VII

« On se rend à peine compte que les glaciers sont si proches », dit Edith avec satisfaction.

« C'est vrai, admit Mr Neville. Mais c'est parce qu'ils ne sont pas aussi proches que vous le croyez. »

Ils étaient installés à la terrasse d'un petit restaurant, ombragée d'une treille, et une bouteille de vin blanc était posée entre eux, sur la table. Assis à l'ombre, ils pouvaient regarder le paysage, par-delà la petite place déserte, violemment éclairée par le soleil en ce début d'après-midi. A cette altitude, les brumes lacustres n'étaient plus imaginables : les demi-teintes, les nuances indéfinissables, les appréciations subtiles sur la douceur de l'air et la chaleur ambiante, tout cela était banni de la conversation, réduit à néant par l'implacable luminosité de l'atmosphère. Sur les hauteurs, l'air était à la fois brûlant et glacé, resplendissant et sombre : brûlant en plein soleil, glacé à l'ombre, resplendissant en cours d'escalade et sombre dans le café-bar désert. Ils s'y reposèrent un moment. « Maintenant, avez-vous la force de continuer un peu la promenade ? » demanda Mr Neville. Ils repartirent et finirent par atteindre le sommet de ce qu'Edith prenait pour une haute montagne, en dépit des vergers en terrasse qu'ils avaient vus en chemin et dont les beaux fruits dorés rendaient la supposition absurde. Dans le petit restaurant où ils déjeunèrent, ils restèrent comme encalminés, seuls tous les deux, à contempler les quelques mètres carrés de cette place aux pavés ronds, dans un silence à peine troublé par le ronron plaintif d'une voiture lointaine et par la musique confuse d'un poste de radio invisible, qui venait soit de la cuisine, soit du petit salon situé à l'arrière de la salle, où le patron lisait peut-être tranquillement son journal avant de penser à ses clients du dîner.

Mais qui pouvait bien fréquenter cet endroit ? Edith avait l'impression que Mrs Pusey, Monica, Mme de Bonneuil et l'Hôtel du Lac lui-même, avec son pianiste âgé et sa cuisine bourgeoise, étaient à l'autre bout du monde. En outre, la douce créature, la petite personne craintive qu'elle était encore récemment au bord du lac, avait disparu, volatilisée en cours d'ascension dans l'air pur des montagnes ; et, par une sorte d'alchimie cristalline, ses éléments s'étaient réunis à nouveau pour former la substance d'un autre être, plus dur, plus brillant, plus catégorique, un être réaliste et capable non seulement d'apprécier le plaisir, mais de le rechercher.

« Qui peut fréquenter cet endroit ? demanda-t-elle.

« Des gens comme vous et moi », répliqua-t-il.

C'était un homme de peu de mots, mais de mots toujours judicieusement choisis, pesés à leur juste poids et prononcés avec habileté. Edith, habituée à ces monologues méditatifs qui, pour la plupart des gens, semblent s'adapter à la finalité du discours rationnel, accoutumée par ailleurs à concocter les longues phrases astucieuses et même érudites que les personnages de ses romans proféraient avec tant de spontanéité, s'appuya en souriant au dossier de sa chaise. Ce n'était pas si souvent qu'elle avait la chance d'être divertie par des mots. Les gens attendent des écrivains qu'ils les divertissent, *eux*, se dit-elle. Ils estiment que les écrivains devraient être flattés par le simple fait d'employer leur petit talent à satisfaire le public. Comme les courtisans, les nains, les ménestrels du Moyen Age. Et qu'en est-il de *nous* ? Personne ne pense à nous divertir.

Mr Neville s'aperçut du court accès d'irritation qui

assombrissait le visage d'Edith. « Vous vous sentiriez peut-être mieux si vous en parliez », fit-il remarquer.

« Croyez-vous que ça puisse servir à quelque chose ? demanda-t-elle d'une voix oppressée. Et, dans ce cas, donnez-vous la garantie que les résultats se feront immédiatement sentir ? Comme dans ces réclames sibyllines pour tel ou tel onguent censé vous apporter un "soulagement"... Soulagement de quoi, personne n'en sait trop rien, même quand la réclame est assortie de l'image d'un tout petit bonhomme, plutôt bien mis, qui se tient le creux des reins. »

Mr Neville sourit.

« C'est peut-être la promesse qui compte avant tout, reprit Edith, un peu fébrile. Ou simplement l'offre. De toute façon, j'ai oublié de quoi je voulais parler... Ne faites pas attention, ajouta-t-elle. La plus grande partie de ma vie semble se dérouler à un niveau souterrain. Et c'est une trop belle journée pour se préoccuper de tout ça. » Soudain, son visage s'éclaira. « Je suis si contente d'être ici. »

Ma foi, elle a bien l'air de l'être, se dit-il en constatant que la figure d'Edith avait perdu sa douceur un peu moutonne, cet air de quémander l'approbation et la compréhension d'autrui, pour devenir ironique, aristocratique. Il se demanda ce qu'elle était venue faire dans ce pays.

« Qu'êtes-vous donc venu faire dans ce pays ? » lui dit Edith.

Il sourit à nouveau.

« Et pourquoi donc n'y serais-je pas ? »

Elle écarta les mains et fit de grands gestes. « Eh bien, cet hôtel, par exemple, vous n'y êtes pas à votre place. Il me semble réservé en permanence à des femmes. Et pas à n'importe quelles femmes. A celles qu'on plaque, qu'on délaisse, qu'on a payées pour rester tranquilles ou pour se livrer à des occupations anodines et bien féminines, comme de claquer du fric dans les boutiques de mode. Le contenu même des conversations exclut les hommes. Vous devez mourir d'ennui. »

« Vous, je suppose que vous êtes venue finir un livre », dit-il aimablement.

Son visage s'assombrit. « Vous ne vous trompez pas », dit-elle. Et elle se versa un autre verre de vin.

Il fit celui qui n'avait rien vu. « Eh bien, moi, cet endroit me plaît. Je suis venu ici autrefois avec ma femme. Et, après cette conférence à Genève, comme je n'étais pas pressé de rentrer, je me suis dit que j'irais voir si rien n'avait changé. Constatant qu'il faisait beau, je suis resté un peu plus longtemps. »

« Cette conférence, dit-elle. Excusez-moi, mais je ne sais pas de quoi il s'agit. »

« D'électronique. J'ai une affaire d'électronique, une affaire d'une certaine importance, qui est en pleine expansion. A vrai dire, elle marche presque toute seule, grâce à mon excellent collaborateur. J'y passe de moins en moins de temps, mais j'ai toujours la haute main sur tout ce qui s'y fait. Ça me permet de m'occuper davantage de ma ferme et c'est ce qui me plaît avant tout. »

« Où est... »

« Près de Marlborough. »

« Et votre femme ? se risqua-t-elle à demander. Elle ne vous a pas accompagné ? »

Il rajusta ses manchettes. « Ma femme m'a quitté il y a trois ans, dit-il. Elle s'est enfuie avec un homme qui a dix ans de moins qu'elle et, en dépit de toutes les prédictions pessimistes, elle nage toujours dans le bonheur. »

« Le bonheur, dit Edith, songeuse. Que c'est merveilleux ! Oh, excusez-moi ! Quel affreux manque de tact ! Vous devez me prendre pour une idiote. » Elle soupira. « Je suis plutôt idiote, j'en ai peur. En tout cas, je suis déphasée par rapport au monde... Les gens divisent les écrivains en deux catégories, poursuivit-elle, profondément embarrassée par le silence de son compagnon.

Il y a ceux qui sont prodigieusement sagaces et ceux qui sont prodigieusement naïfs, comme s'ils n'avaient aucune expérience de la réalité... J'appartiens à la seconde catégorie ». Elle s'arrêta en rougissant, frappée de la véracité de son aveu. Puis elle conclut d'une voix éteinte : « Je suis comme l'Enfant Sauvage de l'Aveyron. »

Il la laissa rougir jusqu'aux yeux. « En ce moment, vous paraissez malheureuse », fit-il remarquer après un court silence.

« Oui, je crois que je suis plutôt malheureuse, dit-elle. Et ça m'embête énormément. »

« Pensez-vous beaucoup au bonheur ? »

« J'y pense tout le temps. »

« Eh bien, permettez-moi de vous dire que vous avez tort ! » Pour la punir de son précédent impair, il ajouta : « Il est probable que vous êtes amoureuse. » Brusquement, comme il l'avait souhaité, il y eut entre eux de l'antagonisme, remède toujours efficace contre la désespérance. Edith leva vers lui un regard brillant de colère, qui ne rencontra que son profil sévère. Il observait apparemment un papillon en train de battre des ailes sur le bord d'une des caisses de géranium qui délimitaient le modeste périmètre du restaurant.

« C'est une erreur grossière, reprit-il au bout d'un moment, d'assimiler le bonheur à une situation particulière, à une personne particulière. Moi, après m'être libéré de tout ça, j'ai découvert le secret du contentement. »

« Je vous en prie, confiez-le-moi, dit-elle sèchement. J'ai toujours voulu le connaître. »

« C'est très simple. En évitant un trop grand investissement émotionnel, on devient libre de faire tout ce qu'on veut. Prendre des décisions, changer d'idée, modifier ses projets. C'en est fini de l'attente anxieuse des réactions d'autrui : on ne se demande plus si l'autre a tout ce qu'il désire, s'il est mécontent, bouleversé, énervé, excédé. On peut se montrer aussi aimable ou aussi cruel qu'on le désire. Si l'on est disposé à rechercher ce que l'éducation interdit à tout être humain depuis sa petite enfance — c'est-à-dire tout simplement sa propre satisfaction —, on n'a plus de raison d'être malheureux. »

« Ni peut-être d'être tout à fait heureux. »

« Edith, vous êtes une romantique, dit-il avec un sourire. Je peux vous appeler Edith, n'est-ce pas ? »

Elle fit signe que oui. « Mais pourquoi me traiter de romantique uniquement parce que je ne vois pas les choses de la même façon que vous ? »

« Parce que ce à quoi vous voudriez croire vous induit en erreur. N'avez-vous pas compris qu'il n'existe rien de tel qu'une harmonie totale entre deux êtres, quelle que soit la qualité de l'amour qu'ils prétendent avoir l'un pour l'autre ? N'êtes-vous pas consciente de l'énorme perte de temps, du gaspillage mental et des tortures affectives que cette mythologie contribue à perpétuer, alors que, dans la réalité, il y a toujours discordance ? N'avez-vous pas remarqué qu'un peu de légèreté envers l'amour est parfois, et même presque toujours, plus efficace que la passion la plus sincère ? »

« Si, je l'ai remarqué », dit Edith avec tristesse.

« Dans ce cas, ma chère amie, tirez-en les leçons. Vous ne pouvez savoir à quel point le monde devient prometteur quand on est résolu à se l'approprier. Et à quel point les décisions qu'on prend deviennent salutaires dès lors qu'elles sont entièrement égoïstes. Rien n'est plus simple que de savoir ce qu'on veut faire — ou plutôt ne pas faire — et d'agir en conséquence. »

« C'est vrai de certaines choses, dit Edith. Mais il y en a d'autres. »

« Alors, apprenez à ne pas en tenir compte. Si l'on tient compte avant tout de ses propres désirs, on arrive plus facilement à ses fins. On apprend l'égocentrisme et c'est une expérience extraordinaire. Le fait d'accepter sciemment d'être centré sur soi-même peut être le point de départ d'une toute nouvelle vie. »

« Mais si l'on préfère partager la vie de quelqu'un ? demanda Edith. On peut, par exemple, être tout simplement excédé de sa propre vie et vouloir vivre celle d'un autre. Seulement pour le plaisir de la nouveauté. »

« On ne peut jamais vivre la vie d'un autre. On ne peut vivre que sa propre vie. D'autre part, n'oubliez pas qu'il n'y a jamais de sanctions. Tout ce qu'on a fait croire aux gens en assimilant l'altruisme au bien et l'immoralité au mal est tout à fait inexact. C'est une doctrine destinée aux esclaves, pour les inciter à la résignation. Et peut-être vais-je vous étonner en vous disant que mes principes vous permettront d'avoir une foule d'amis. Les gens se sentent comme chez eux avec ceux que les scrupules n'étouffent pas. C'est l'exigence morale qui les fait fuir. »

Edith admit d'un signe de tête la pertinence de ses remarques. Cette dangereuse doctrine qui, présentée sous une forme plus triviale, lui eût paru aussitôt réfutable, s'accordait bien, apparemment, avec le vin capiteux, le soleil resplendissant, l'air pur des cimes. Bien sûr, il y avait quelque chose de faux dans cette philosophie, mais il lui importait peu, pour le moment, d'y voir clair. Ce n'était pas tant par la force de son argumentation que cet homme la séduisait que par sa maîtrise du langage, son éloquence hors du commun. Et dire que je l'ai pris pour un homme tranquille, songea-t-elle, stupéfaite.

« C'est pourquoi j'apprécie tant notre chère Mrs Pusey, reprit Mr Neville. Il y a quelque chose de roboratif dans l'expression même de son avidité. On est toujours ravi d'apprendre qu'elle a trouvé les moyens de la satisfaire. Et, comme vous avez pu le constater, elle rayonne de santé et de bonne humeur : l'altruisme ne l'a jamais empêchée de digérer, la conscience morale ne l'a pas rendue insomniaque, et elle savoure chaque minute de son existence. »

« Oui, dit Edith, mais je ne suis pas sûre que tout ça convienne à Jennifer. Ou la satisfasse. A son âge, elle devrait avoir d'autres centres d'intérêt que la mode. »

« Jennifer ? dit Mr Neville avec son fin sourire. Pour moi, il ne fait aucun doute que Jennifer a de qui tenir. »

Edith se renversa sur sa chaise, tendit le visage à la lumière et se sentit vaguement étourdie, moins par le vin que par la portée de cette dernière remarque. Elle était aussi assez séduite par la perspective de pouvoir vivre à sa guise et cela rien qu'en vertu d'un souhait. Comme avocat du diable, Mr Neville était absolument parfait. Et pourtant, elle savait bien qu'il y avait une faille dans son raisonnement, comme il y en avait une dans son affectivité. Elle se redressa et repartit à l'attaque.

« Cette vie que vous vantez, dit-elle, cette vie sans scrupules, iriez-vous jusqu'à en recommander la pratique ? La recommander à tout un chacun, je veux dire. »

« Ma femme serait sans doute mieux qualifiée pour le faire, répliqua-t-il avec un sourire moins réticent. C'est là que vous vouliez en venir, n'est-ce pas ? Vous voulez savoir si je tolère le manque de scrupules chez les autres ? »

Edith acquiesça.

Il but une gorgée de vin.

« J'ai fini par devenir très compréhensif », déclara-t-il.

Il s'en est bien sorti, se dit-elle. Son numéro était remarquable. Il savait où je voulais en venir et il m'a donné une réponse. Pas une réponse satisfaisante, mais une réponse honnête. Et, à sa manière, élégante. Je suppose que Mr Neville est ce qu'on appelait autrefois un homme de qualité. Tout compte fait, il se conduit avec grâce. Et il s'habille avec goût, pensa-t-elle en examinant son panama et sa veste de lin. Il est même assez beau : un visage du dix-huitième siècle, distingué, discret, des lèvres pleines et l'ombre bleutée d'une barbe qui transparaît sous une peau saine. Un homme sans cœur, à mon avis. Furieusement intelligent. Intéressant. Oh David, David !

Mr Neville, remarquant le petit moment de distraction qu'elle venait d'avoir, se pencha par-dessus la table.

« Vous avez tort de croire que vous ne pouvez pas vivre sans amour, Edith. »

« Non, je n'ai pas tort, dit-elle en pesant ses mots. Je ne peux pas vivre sans amour. Oh, je ne prétends pas que je périclite, que j'extravague, que je deviens l'ombre de moi-même ! Je fais allusion à quelque chose d'infiniment plus important. Je veux dire que je ne peux pas *bien* vivre sans ça. Mes pensées, mes actes, mes paroles, mon style et même mes rêves sont dénués de force en l'absence de l'amour. Je me sens exclue du monde des vivants. Je me glace, je deviens amorphe, je ne bouge plus. J'implose. L'idée que je me fais du bonheur absolu, c'est celle d'une serre chaude où je passerais mes journées à lire ou à écrire, avec la certitude totale que l'être que j'aime viendra me retrouver le soir. Tous les soirs. »

« Vous êtes une romantique, Edith », dit encore Mr Neville en souriant.

« Non, c'est vous qui êtes dans l'erreur, répliqua-t-elle. On m'a qualifiée de romantique presque toute ma vie. Mais je n'en suis pas une. Je suis un animal domestique. Je n'aspire pas le moins du monde aux débordements passionnels, ni à la grande aventure où l'on sacrifie tout sur l'autel de l'amour. Je connais ça et je sais que ça débouche sur la solitude. Non, ce dont j'ai grand besoin, c'est de simple routine. Une promenade dans la soirée, bras dessus bras dessous, quand il fait beau. Une partie de cartes. Une conversation à bâtons rompus. Préparer le repas ensemble. »

« Faire sortir le chat ? » suggéra Mr Neville.

Edith lui lança un regard de dégoût.

« Voilà qui est mieux », dit-il.

« Vous avez l'air de trouver ça très drôle !... Visiblement, les choses se passent autrement mieux à Swindon ou à l'endroit, quel qu'il soit, où votre... Oh, je vous demande pardon ! Je n'aurais jamais dû dire ça. C'est monstrueux de ma part. Je suis affreusement... »

Il lui versa un autre verre de vin.

« Vous êtes une brave fille, dit-il. C'est plus qu'évident. »

« Pourquoi évident ? »

« Les braves filles croient toujours que c'est leur faute si l'on s'est montré insultant. Les sales bêtes, au contraire, n'admettent jamais leur tort. »

Le souffle court, Edith se demanda si elle avait trop bu ou si, seule, l'étrangeté de la conversation l'avait empêchée d'être circonspecte.

« Je voudrais du café, annonça-t-elle avec une brusquerie qui se voulait nietzschéenne. Non, du thé après tout. Du thé très fort, une pleine théière. »

Mr Neville jeta un coup d'œil à sa montre. « Oui, dit-il, il se fait tard. Nous allons devoir reprendre la route... Quand vous aurez bu votre thé », ajouta-t-il.

Edith se jeta avidement sur sa tasse de thé, inconsciente du fait que l'ardeur de la réflexion, ardeur qui lui était devenue inhabituelle ces derniers temps, avait coloré ses joues et donné de l'éclat à ses yeux. Ses cheveux en désordre, d'ordinaire si bien coiffés, avaient glissé sur sa nuque ; d'un geste impatient, elle enleva les dernières épingles qui les retenaient, les peigna avec ses doigts et les laissa retomber le long de ses joues. Mr Neville hocha la tête avec une petite moue approbative.

« Laissez-moi vous dire ce qu'il vous faut, Edith. »

Non, ça suffit, pensa-t-elle. Je viens de vous dire ce qu'il me faut et je sais mieux que vous ce dont il s'agit.

« Oui, je sais que vous croyez le savoir mieux que moi, dit-il en la voyant prête à se rebiffer. Mais vous avez tort. Il ne vous faut pas plus d'amour. Il vous en faut moins. Jusqu'ici, Edith, l'amour ne vous a pas fait grand bien.

Il vous a rendue cachottière, timide, peut-être même déloyale. N'est-ce pas ? »

Elle acquiesça.

« C'est l'amour qui vous a fait venir hors saison à l'Hôtel du Lac, où vous perdez votre temps à parler chiffons avec ces dames. En êtes-vous satisfaite ? »

« Non, dit-elle. Non. »

« Non, parce que vous êtes une femme intelligente, trop intelligente pour ne pas savoir tout ce que vous manquez. Ces pauvres petits plaisirs domestiques, ces parties de cartes que vous évoquiez, vous en seriez vite dégoûtée. »

« Non, dit-elle encore. Jamais. »

« Mais si ! Oh, pendant un certain temps, votre tournure d'esprit romanesque vous aiderait à chasser les idées noires, mais elles finiraient bien par avoir le dessus ! Vous vous découvririez alors un tas de points communs avec toutes les femmes frustrées, vous commenceriez à croire que les féministes ont raison et vous refuseriez de lire autre chose que des romans de femmes... »

« J'en écris », lui rappela-t-elle.

« Pas de ce genre-là, dit-il. Vous écrivez des romans d'amour. Et vous n'écrivez jamais rien d'autre, j'en ai peur, tant que vous ne serez pas devenue plus lucide. »

Edith eut l'impression que, sur sa nuque, ses cheveux se mettaient à crépiter. Ce même discours, elle se l'était tenu maintes fois, mais elle avait réussi à récuser son propre verdict. Cette fois, pourtant, elle reconnaissait la voix de l'autorité : c'était comme si l'on venait de lui confirmer l'existence d'une maladie dont elle finissait par croire les symptômes imaginaires.

« Désirez-vous vraiment passer le restant de vos jours à parler de vos entrailles à des femmes affligées ? » reprit-il inexorablement.

« Je ne juge pas mes entrailles assez intéressantes pour en parler », dit-elle avec un rire malheureux.

« Bah, elles vous causeront du souci un jour ou l'autre ! Mais, de toute façon, je ne suis pas sûr que les entrailles de qui que ce soit méritent de l'attention. »

« Dites-moi, demanda Edith après un court silence, la psychiatrie serait-elle par hasard votre second métier ? L'industrie électronique vous laisse beaucoup de loisirs, n'est-ce pas ? »

« Ce qu'il vous faut, Edith, ce n'est pas de l'amour. Ce qu'il vous faut, c'est une position sociale. Ce qu'il vous faut, c'est le mariage. »

« Je le sais », dit-elle.

« Une fois que vous serez mariée, vous pourrez vous conduire aussi mal que n'importe qui. Et pis encore, dans la mesure où vous n'avez pas utilisé toutes vos aptitudes. »

« Oui, mes fonds secrets », admit-elle.

« Vous serez bien vue de tout le monde et vous aurez infiniment plus de choses à dire. Et plus jamais vous n'attendrez que le téléphone sonne. »

Edith se leva. « Il commence à faire froid, dit-elle. Allons-nous-en. »

Sans l'attendre, elle s'éloigna à grands pas. Sa dernière remarque est inadmissible, songea-t-elle. Vulgaire. Il sait où le bât blesse. Oui, écrire à la maison me rend disponible : je suis toujours là quand le téléphone sonne. Si jamais je sortais, Dieu sait ce qui se passerait. Mais, brusquement, elle eut envie de retrouver ce genre de solitude, comme une petite fille surexcitée qui s'est trop bien amusée à un goûter d'enfants et que sa bonne aurait mieux fait de ramener plus tôt chez elle.

« Excusez-moi, je vous en prie, dit-il en la rattrapant. Je n'avais pas l'intention de me mêler de ce qui ne me regarde pas. Je ne sais rien de vous. Vous êtes quelqu'un de très bien et je vous ai blessée. Je vous en prie, pardonnez-moi. »

« Vous êtes un sadique », dit-elle avec douceur.

Il inclina la tête. « C'est aussi ce que disait ma femme. »

« Et comment pouvez-vous prétendre que mes aptitudes à la mauvaise conduite sont restées inemployées ? Vous savez, c'est une forme bénigne, mais très caractérisée, d'insulte masculine. On en fait d'habitude moins de cas que du pincement de fesses et du harcèlement sexuel sur le lieu de travail, mais pas mal de femmes en sont victimes. »

« Si vos aptitudes à la mauvaise conduite avaient été employées à bon escient, vous ne seriez pas là à vous morfondre, affublée de ce cardigan. »

Furieuse, Edith pressa délibérément le pas. Pour refréner sa rage — car elle se savait incapable de retrouver sans guide le chemin du lac —, elle essaya de prendre mentalement ses distances à l'aide d'un des stratagèmes dont elle avait depuis longtemps l'habitude. Le plus efficace consistait à faire de l'incident une scène qui trouverait sa place dans l'un de ses romans. « Le soir tomba furtivement, murmura-t-elle. Le soleil, globe flamboyant... » Non, ce n'était pas bon. Elle se retourna pour voir où se trouvait son compagnon, tendit l'oreille aux pas qui auraient dû suivre les siens et qui ne les suivaient pas, et prit conscience qu'elle était seule, à flanc de montagne, dans le froid. Elle frissonna et serra son cardigan contre elle.

« Je vous déteste ! » hurla-t-elle dans l'espoir de le faire venir.

Un bruit de semelles qui crissaient dans les cailloux annonça la réapparition de Mr Neville. Quand Edith put enfin distinguer son visage, elle vit que son sempiternel sourire s'était accentué.

« Vous vous en tirez très bien », déclara-t-il en lui prenant le bras.

« Vous savez, dit-elle au bout de dix minutes de descente silencieuse, le sourire que vous arborez me paraît vaguement odieux. »

Le sourire s'élargit encore. « Quand vous me connaîtrez mieux, lui fit-il observer, vous saurez avec précision à quel point il est odieux. »

VIII

« David chéri,

« La nouvelle est ahurissante ! Mrs Pusey, ce parangon de chic féminin, cet arbitre des élégances, cette inlassable chercheuse d'articles de luxe, cette charmeuse universelle, a *soixante-dix-neuf* ans ! Si je le sais, c'est qu'elle a fêté son anniversaire il y a deux jours et que nous avons tous été conviés à le concélébrer. Des rumeurs annonçant l'imminence de quelque événement m'étaient déjà parvenues dans le courant de la journée ; en sortant de ma chambre, j'avais entendu tout le long du couloir des exclamations de ravissement et de surprise qui venaient de la suite des Pusey, d'où semblait aussi s'échapper, en tourbillons odorants, une véritable pestilence (les effluves d'un nouveau parfum) qui atteignait presque le palier. Quand j'ai quitté l'hôtel, sur le perron, j'ai aperçu un jeune livreur qui émergeait d'une fourgonnette avec une corbeille fleurie d'une splendeur toute nuptiale. Je ne me suis pas creusé la tête, mais si je l'avais fait, j'aurais sûrement compris que personne n'aurait songé à envoyer des fleurs à Monica, ni à Mme de Bonneuil, ni à moi, et que les destinataires ne pouvaient être que les Pusey. Evidemment, il n'était pas impossible que Jennifer eût un amoureux quelque part et la logique la plus rigoureuse suggère qu'elle doit en avoir un, bien que ça ne paraisse guère vraisemblable. A mon avis, c'est le genre de fille qui ne laissera jamais tomber sa maman. J'en ai déjà rencontré beaucoup comme elle. Je vais peut-être t'étonner en te disant que Penelope a refusé plusieurs offres de mariage parce que la plupart de ses soupirants ne lui semblent pas correspondre aux critères d'excellence que Mère exige et dont elle me rebat les oreilles. Pour Penelope, Mère représente l'autorité suprême dans tous les domaines et j'envie parfois sa conviction et sa piété filiale. Je regrette tant que ma mère ait omis de me présenter des maximes gravées sur des tablettes de pierre et n'ait pas été prodigue d'aphorismes ou d'adages mieux adaptés à la modernité. A ma connaissance, ma pauvre mère s'est contentée, la plupart du temps, de m'accabler de sèches railleries. Et, pourtant, quand je pense à elle, je l'appelle ma pauvre mère. C'est qu'avec les années je comprends sa tristesse, sa stupeur devant l'écroulement de ses rêves, sa solitude, aussi. Elle m'a légué son ignorance et ses illusions. Car elle se consolait de ses éternels déboires en lisant des histoires d'amour, des romans sentimentaux qui finissaient toujours bien. Peut-être est-ce pour ça que j'en écris, moi. Pendant les derniers mois de sa vie, elle restait au lit, dans le peignoir de soie que mon père lui avait acheté à Venise pendant leur voyage de noces, oubliant, ou ignorant, que la dentelle était déchirée et que le bleu ciel avait viré au gris. Quand elle levait le nez de son livre, on voyait que ses yeux eux-mêmes avaient viré du bleu au gris et qu'ils étaient pleins de rêves, de regrets, de désenchantement. Ce sont finalement les fantasmes dont ma mère n'a jamais pu se débarrasser qui m'ont donné le sens de la réalité. Mais, tout en conservant à la réalité la première place dans mon esprit et en m'y référant avec une morne constance, je me demande parfois si la réalité ne m'est pas aussi inutile qu'elle l'a été à ma mère.

« Enfin, tout ça est secondaire. Je m'étais absentée pour la journée et, à mon retour, au cours du dîner, j'ai eu la clé du mystère. La salle à manger paraissait presque vide après tout le remue-ménage du week-end. Les dîneurs y étaient en si petit nombre qu'on sentait que la saison était bien finie. Les serveurs eux-mêmes semblaient avoir démissionné et bavardaient entre eux. Monica n'a pas pris la peine de se cacher pour passer ses hors-d'œuvre à Kiki et personne n'a paru s'en formaliser. Mme de Bonneuil, qui mange à toute vitesse, attendait silencieusement le plat suivant en lissant la nappe avec ses mains. J'avais déjà avalé les trois quarts de mon ris de veau quand j'ai perçu une légère agitation du côté de la porte et c'est alors que j'ai vu arriver Mrs Pusey qui, avec des rires et des protestations, se laissait conduire jusqu'à sa table par M. Huber. Visiblement, c'était pour elle un soir de fête. Non seulement sa table croulait sous les fleurs (celles que le livreur avait apportées dans la matinée), mais encore sa toilette était d'une telle magnificence que nous aurions voulu rentrer sous terre. Pour être tout à fait sincère, j'ai trouvé que ce n'était pas absolument réussi. Sur sa robe de dentelle bleu nuit, elle portait une espèce de jaquette à paillettes qui avait dû lui coûter une fortune ; et la jaquette elle-même était égayée par un certain nombre de colliers, rangs de perles, chaînes en or, au milieu desquels se trouvait en sautoir un assez joli lapis. Ses cheveux venaient d'être redorés et ses ongles, impeccablement vernis de rose. J'avoue qu'elle était vraiment superbe, dans un genre assez baroque. Je veux dire par là qu'elle détonnait un peu dans le contexte. Ou peut-être était-ce nous qui détonnions. Notre incertitude n'a pas duré longtemps. Très vite, la balance s'est mise à pencher imperceptiblement du côté de Mrs Pusey. Bien entendu, elle tenait au suspense, mais il existe toujours une sorte de consensus dans ce genre d'affaire. Et, en cette occasion cruciale, elle a obtenu notre assentiment. Les serveurs se sont précipités pour avancer sa chaise et lui apporter un monceau de menus ; puis on lui a demandé si le champagne lui convenait. Mme de Bonneuil regardait la scène, l'air impavide. Monica levait les yeux au ciel.

« Il faut que tu saches que nous avons été pris de court. Nous étions au milieu de la semaine et chacune d'entre nous gardait sa tenue "numéro un" pour le dîner du vendredi, sa tenue "numéro un bis" pour celui du samedi et quelque chose de convenable, mais d'un peu plus ordinaire, bien entendu, pour le dimanche soir. Les nouvelles pensionnaires ne mettent pas longtemps à apprendre le règlement. Moi, je portais la robe verte que tu as toujours détestée et j'avais la conscience tranquille puisque tu n'étais pas là. Quelques minutes après l'apparition de Mrs Pusey, j'ai parfaitement compris pourquoi tu la détestais et je me suis juré de ne plus la porter. Monica surtout était furieuse, elle qui est toujours si belle, car justement, ce soir-là, on aurait dit qu'elle s'était arrangée pour ne pas l'être. Peut-être était-ce à cause de sa robe noire qui la faisait paraître trop mince et trop pâle. Les saillies ivoirines de ses pommettes projetaient leur ombre sur ses joues et lui donnaient l'air d'une malade, d'une mourante. Mme de Bonneuil était en noir, elle aussi, mais elle l'est toujours ; je ne crois pas qu'elle ait plus de deux ou trois robes noires, toujours pareilles, sans âge, sans forme et, évidemment, sans aucune espèce de style, bref, interchangeables. Je serais d'autant plus incapable de te donner des détails sur son accoutrement qu'aucun détail, à vrai dire, ne le caractérise. Mais je dois avouer qu'elle a toujours l'air très convenable. Elle a l'apparence qui correspond à son âge et je prétends qu'on pourrait en dire autant de Monica et de moi.

« J'en étais là de mes réflexions quand je me suis aperçue que Jennifer avait fait un effort, elle aussi. En réalité, ce sont les grimaces un peu trop éloquentes de Monica qui m'ont incitée à jeter un coup d'œil du côté de Jennifer. Eh bien, j'en suis restée comme deux ronds de flan, si tu me permets l'expression. Pour fêter l'anniversaire de sa mère, Jennifer s'était attifée d'un pantalon d'odalisque, "assorti" — comme disent les journaux de mode — à un bustier sans bretelles. Comme sa mère, elle était allée chez le coiffeur, qui avait fait des merveilles. Ondulés et chatoyants, ses cheveux blonds, peignés d'habitude avec la simplicité d'une petite fille, étaient relevés pour former sur sa tête une espèce de houppette qui laissait deux bouclettes retomber près des oreilles. Je n'avais pas encore remarqué à quel point elle était replète. En vérité, elles le sont toutes les deux, mais elles portent si bien leur embonpoint qu'on le voit à peine. En tout cas, c'était un beau spectacle. Légèrement déroutant, peut-être, mais seulement dans la mesure où il ne pouvait manquer de nous sidérer, nous autres. A la pensée des efforts qu'elles avaient déployés pour parvenir à ce résultat, j'ai cru défaillir d'épuisement. Et dire qu'elles sont en vacances ! Et qu'il n'y avait là pratiquement personne pour les admirer ! Nous exceptés, bien sûr, mais on aurait difficilement pu nous prendre pour le public idéal, car nous n'avions visiblement pas la clé du paradis terrestre. Je crois bien qu'à un certain moment la conscience de notre indignité a jeté une ombre sur la cérémonie.

« Mais Mrs Pusey, pour laquelle je commençais à ressentir une sorte de pitié, d'horreur, de compassion, est une femme qui connaît la musique. Elle a fait porter un verre de champagne à Monica, à Mme de Bonneuil et à moi-même, et nous avons dû toutes les trois boire à sa santé. Il s'est ensuivi un certain nombre de courbettes, d'inclinaisons de tête, de petits saluts et d'aimables grimaces qui venaient pour la plupart de Mrs Pusey en personne. Monica et Mme de Bonneuil, plus stoïques que moi dans ce genre d'affaire, ont vidé leur verre avec flegme. Toutefois, avant de faire cul sec, Mme de Bonneuil a levé le sien d'un geste qui ne manquait pas de charme. Puis, au moment où nous croyions la fête terminée et l'événement dûment enregistré, Alain et un autre serveur en veste blanche se sont amenés en poussant devant eux une table roulante surmontée d'un gâteau d'une telle splendeur que Mme de Bonneuil elle-même a paru impressionnée. M. Huber ne se tenait plus de fierté. Mrs Pusey riait et se cachait la figure dans les mains, émue au point de se tapoter le coin de l'œil avec un de ses mouchoirs de fine dentelle quand on lui versa à nouveau du champagne. Jennifer, qui veillait d'un œil expert au partage équitable du gâteau et à la distribution des morceaux, expédia les serveurs vers chacune de nos tables avec une assiette pleine de chocolat. Cette fois, il nous a fallu lever nos fourchettes à dessert en signe de gratitude. C'était absolument délicieux.

« Bien entendu, nous pouvions difficilement abandonner Mrs Pusey après dîner. Pour la première fois de mémoire d'homme, tous les clients de l'hôtel prirent leur café ensemble au salon. Nous n'en formions pas pour autant une assemblée homogène, mais Mrs Pusey, dont le rouge à lèvres avait légèrement coulé dans cette effervescence, n'avait pas l'air de s'en formaliser. Mme de Bonneuil, toujours aussi sourde, mais habituée à remplir ses obligations, ou plus simplement à faire ce qu'on attendait d'elle, c'est-à-dire acte de présence, resta courageusement jusqu'à la fin ou presque, en faisant de temps en temps un sourire à Mrs Pusey et un petit signe d'affection à Jennifer. Elle m'est apparue soudain, à cette occasion, comme une personne qui ne manquait pas de noblesse ; elle n'avait pas la moindre raison de faire la fête et demeurait étrangère, autant que j'aie pu en juger, à ces minauderies et à ces singeries. Monica, quant à elle, me faisait des clins d'œil lorsqu'elle se croyait à l'abri des regards, mais elle prenait part aux réjouissances avec plus d'ardeur, finalement, que je n'en attendais d'elle ; en fait, elle tenait à montrer qu'elle savait être, à l'occasion, parfaitement mondaine, ce qui ne l'empêchait pas de glisser une intention satirique dans chacune de ses remarques. Quand son ironie se faisait un peu trop manifeste, elle devenait aussitôt, je l'ai remarqué, l'objet d'un examen rigoureux et calme de la part de Jennifer. Cependant, Monica s'intéressait en toute sincérité, comme je savais qu'elle le ferait, qu'elle devrait le faire, à ce que Mrs Pusey avait sur le dos. Bientôt, elles se mirent à bavarder comme de vieilles connaissances et à échanger des noms et adresses de couturières, sans s'apercevoir tout de suite qu'elles parlaient de la même personne, car Mrs Pusey disait "ma petite bonne femme" de celle que Monica appelait "une copine à moi". La paix et l'harmonie régnèrent entre elles un bon moment tandis qu'éclataient à nos oreilles, en feux croisés, des noms prestigieux que toute l'Europe devait connaître. Pour ma part, je ne reconnus guère que ceux de Gucci et d'Hermès, de Chanel et de Jean Muir, de "The White House" et de "Old England". C'est à ce moment que Mme de Bonneuil, estimant peut-être avoir rempli le rôle qui lui était attribué, quitta péniblement son fauteuil, leva sa canne vers Mrs Pusey en signe d'adieu et sortit en clopinant du salon. "Pauvre vieille !" s'exclama Mrs Pusey. Sa voix me parut tonitruante, mais, après tout, Mme de Bonneuil était sourde.

« La petite fête a continué, mais il eût mieux valu qu'elle se terminât à ce moment-là. Tu sais comme c'est difficile de faire bonne figure quand c'est toujours la même personne qui tire la couverture à soi ; de nouveau, j'ai constaté la bizarre obstination des Pusey à refuser toute espèce de réciprocité. Derrière leur extraordinaire affabilité, il y a quelque chose d'indéracinable, d'intransigeant, qui laisse à penser qu'elles ne peuvent prendre au sérieux personne d'autre qu'elles. On dirait qu'elles plaignent tous ceux à qui la chance est refusée d'être une Pusey. C'est-à-dire, naturellement, par définition, tout le monde. Je ne suis pas sûre que Jennifer se marie un jour. Je me demande sur quel étranger pourrait bien tomber la divine accolade l'autorisant à devenir un autochtone. Il lui faudra présenter des références impeccables : une fortune égale à la leur ou, si possible, supérieure, un style de vie d'une distinction certaine, un lieu de résidence idéal et ce que Mrs Pusey appelle une "position". Toutes ses particularités compteront bien plus que le physique du candidat, qui pourrait amener Jennifer, égarée par ses sens, à faire un jugement hâtif. Si j'en crois mon intuition, l'élu sera aimablement viril, mais sans exagération ; il sera courtois, pas trop jeune, très patient et extrêmement complaisant. Il lui faudra bien toutes ces qualités, car, s'il répond aux critères exigeants de Mrs Pusey, il devra passer beaucoup de temps avec elle. Avec elles deux. A vrai dire, je vois la vie conjugale de Jennifer comme le prolongement de sa vie actuelle ; simplement, ils seront trois au lieu de deux. La cérémonie de mariage constituera le seul rite de passage, mais elle ne sera à leurs yeux que le prétexte à l'achat de nouvelles toilettes et sa signification finale leur restera cachée. Cet homme, le mari de Jennifer, occupera une position équidistante entre elles deux et devra se soumettre aux exigences de l'une comme de l'autre. Il deviendra forcément l'homme de la famille, mais il ne sera jamais un Pusey. Après tout, elles connaissaient le parfait bonheur bien avant son arrivée, du fait même que leurs normes de perfection excluaient tout autre qu'elles deux. Alors, comment cet homme pourrait-il justifier à leurs yeux la moindre velléité de changement ?

« Je n'ai pas l'impression que Mrs Pusey puisse mourir un jour. Certaines gens (que je connais bien) marchent précédés par l'ombre de leur mort ; ils perdent l'espoir, l'appétit, le goût de vivre. Ils sentent que leur existence n'a désormais plus de sens, ils reconnaissent qu'ils ont perdu leur raison de vivre ou même qu'ils n'en ont jamais eue et ils abandonnent la lutte. Dans les yeux de ces gens-là se lit une terrible clairvoyance, une ultime lucidité. Ils se disent : Je n'ai pas vécu assez longtemps et il est trop tard pour réparer mes erreurs. Mais il me semble que le superbe hédonisme de Mrs Pusey la préserve de ce genre d'idées, de réflexions, de prémonitions, quel que soit le nom qu'on donne à ce phénomène. Mrs Pusey s'est procuré toutes les bonnes choses de la vie et n'a aucune intention de les lâcher. En effet, pourquoi le ferait-elle ? Elle a toujours su ce que certains infortunés ne seront jamais capables d'apprendre : que le meilleur est là pour qu'on s'en empare, quand bien même il n'y aurait pas assez de gâteau pour tout le monde. On devrait avoir de l'admiration pour sa perspicacité. Tout autre sentiment qu'on manifesterait à son égard ne pourrait être dicté que par le dépit et la rancœur.

"Alors, c'est votre anniversaire ? s'est écriée Monica qui, bien évidemment, se faisait les mêmes raisonnements que moi. Mais, dites-moi, c'est le combientième ?" Là, Mrs Pusey fit la sourde oreille. L'idée me vint alors qu'elle n'entendait peut-être plus très bien. Et maintenant que j'y repense, c'est pour moi presque une certitude. Ces longs monologues qui ne tiennent aucun compte des auditeurs et restent imperméables à l'opinion d'autrui pourraient bien caractériser quelqu'un qui ne veut pas, pour des raisons de vanité, admettre sa surdité. "Ma chérie, dit-elle à Jennifer, va demander à Philip de se joindre à nous. Il sait qu'avec nous c'est à la bonne franquette." Aussitôt, Jennifer, le visage toujours resplendissant et inexpressif, courut chercher Mr Neville, qui avait réussi à s'éclipser au début de la cérémonie, mais qui s'est trouvé dès lors dans l'obligation de renoncer à passer la soirée à sa guise et qui est venu se joindre à nous.

Monica, pourtant, ne se tenait pas pour battue. "Allons, allons, reprit-elle d'un ton insistant et faussement enjoué qui n'admettait pas d'opposition, je parie que vous n'osez pas nous avouer que vous avez soixante ans. Je me trompe ? Bah, vous ne les faites vraiment pas !" Mrs Pusey se mit à rire. "L'âge est une chose relative, répliqua-t-elle pour éluder la question. On n'a jamais que celui qu'on a l'impression d'avoir. Et j'ai parfois l'impression d'être toujours une enfant.'' En prononçant ces mots, sa voix alla decrescendo sous l'effet d'un émerveillement sincère : elle nous parut, à nous son auditoire, hésiter à franchir le seuil de la féminité adulte, comme éblouie par la profusion de richesses que le monde avait à lui offrir.

''Vous avez tout de même une fille'', lui rappela Monica d'un ton qui me sembla assez blessant. Jennifer, naturellement, eut la même réaction que moi et se remit à fixer Monica d'un regard imperturbable, ce regard qui lui donnait l'air plus âgé que... Que quoi ? Peut-être le champagne m'avait-il fait tourner la tête ou peut-être étais-je fatiguée, mais j'ai eu soudain le sentiment bizarre que tout ça était de la pure comédie, rien d'autre qu'un simulacre, que je venais d'assister à un dîner masqué et que personne ne dirait plus jamais, jamais la vérité. J'avais envie, terriblement envie, que tu sois près de moi. David. Mais tu étais loin. Et Mr Neville, lui, était là. Il s'amusait énormément. Mr Neville, il faudrait que je t'en parle, est un connaisseur en absurdités, un sybarite de très haut niveau.

« Le plus triste, c'est que Mrs Pusey, toujours sémillante néanmoins, a pris brusquement un coup de vieux. Mais quand, troublée par les civilités de Mr Neville, elle a fini par révéler qu'elle avait soixante-dix-neuf ans, nous avons tous été franchement étonnés. Nous nous sommes lancés dans un rapide calcul mental ; chacun de nous savait exactement à quoi pensaient les autres. Si Mrs Pusey admettait ses soixante-dix-neuf ans, alors, Jennifer devait avoir à peu près mon âge. Le mien et celui de Monica. Et c'est, en effet, l'âge qu'elle a. Jennifer, comme moi, a trente-neuf ans, mais la curieuse association de son corps grassouillet et de son visage inexpressif lui donne l'air de ne pas avoir plus de quatorze ans.

Car ce que l'aspect de Jennifer suggère de façon insistante, je m'en aperçois maintenant, c'est l'état de latence. Sa présence perturbatrice, ou peut-être son "absence" tout aussi perturbatrice, est celle de beaucoup d'adolescents ; sa sensualité apparemment candide serait presque choquante si son respect filial ne venait l'oblitérer. Jennifer est abominablement saine, charmante, innocente. C'est au point que, moi qui ne suis rien de tout ça, j'ai l'impression, à côté d'elle, d'être sa vieille tante célibataire.

« Pour en revenir à Mrs Pusey, elle nous a avoué, à force d'être cajolée par l'aimable Neville, que les premières années de son mariage avaient été assombries par une absence de progéniture absolument inexplicable. Sur ce, elle a tiré de son sac un autre mouchoir blanc comme neige et l'a déplié vivement pour se tapoter le coin des lèvres. "Ce n'était pas faute d'essayer, nous dit-elle, mais rien n'y faisait, visiblement." Elle soupira à ce souvenir. Sa remarque avait alourdi l'atmosphère ; Monica se remit à broyer du noir et moi, je regrettai de ne pas avoir pris congé plus tôt, en même temps que Mme de Bonneuil. Nous avons appris, cependant, qu'après douze ans d'"essais" désintéressés et fervents, les efforts de Mrs Pusey avaient été récompensés et qu'en fin de compte était apparue Jennifer. "Mon mari avait toujours désiré une petite fille." Elle s'est alors tournée vers Jennifer, qui l'a gratifiée d'un sourire de circonstance et lui a tendu la main avec émotion. Ainsi encouragée, Mrs Pusey a poursuivi en nous régalant d'anecdotes sur la petite enfance de Jennifer. Inutile de le préciser, cette enfance répondait en tout point à l'attente des parents, bien que la petite fût outrageusement gâtée. "Vous savez, quand on a attendu si longtemps, on a tendance à donner aux enfants tout ce qu'ils veulent, n'est-ce pas ? Et mon mari ne pouvait pas supporter de la voir en larmes. Il en était tout bouleversé. Iris, me disait-il, laisse-la avoir ce qu'il y a de mieux. Je vais te donner un chèque en blanc... Ça se passait toujours comme ça et ça ne lui a pas fait de mal d'avoir été un peu gâtée, n'est-ce pas, ma chérie ?'' De nouveau, sourire et main tendue. La santé rayonnante de Jennifer nous a semblé la juste récompense des efforts méritoires de sa mère et c'est pourquoi, sans trop réfléchir, nous nous sommes à nouveau empressés de féliciter Mrs Pusey. Il faut que je te dise aussi, David, que Jennifer a eu jadis, entre autres choses, un poney appelé Brindille. Ensuite, nous avons eu droit à tout le récital : Halesmere, le Siège et les livraisons à domicile. »

Edith posa son stylo. Cette lettre, elle la finirait plus tard et la modifierait au besoin. Elle avait l'impression que des détails imprudents s'étaient insidieusement glissés dans son récit. Elle était consciente d'avoir dépassé l'anecdote. Et consciente, de ce fait, des limites que l'anecdote impose : amuser, divertir, détendre, rien de plus. Là était sa fonction, là était même le but de tous ses efforts. Mais quelque chose venait de déraper ou d'échapper à son contrôle. En s'exerçant à écrire une petite histoire divertissante — n'était-ce pas le sujet idéal, fait sur mesure pour ce genre d'exercice ? —, elle avait à son insu accumulé des éléments d'introspection, de critique, et même d'amertume. « Eh bien, ma chérie, quelles sont les dernières nouvelles de Cranford ? » disait David en tendant son long bras pour l'attirer vers lui quand ils s'asseyaient sur le grand canapé. C'était une sorte de signal convenu et elle se mettait aussitôt à lui faire part de ses petites observations, toujours astucieusement remaniées, tout en regardant naître un sourire sur son fin visage de rouquin, où s'estompaient peu à peu les rides de fatigue. C'est ainsi qu'il croit que je suis, songea-t-elle. Et, par amour pour lui, c'est ainsi que j'ai tenté d'être.

Mais à l'heure qu'il était, sans doute à cause du champagne, elle se sentait troublée et méfiante. Cela sans raison précise, sinon la fatigue et l'énervement. A l'issue d'une journée fertile en surprises, la soirée s'était évidemment prolongée bien trop tard. Au bout d'un certain temps, Monica s'était mise à raconter sa propre histoire à Mrs Pusey, dont l'intérêt avide se dissimulait sous une condescendance pleine de sollicitude. S'éclipser dans ces conditions semblait alors impossible. Jennifer, une de ses chevilles posée en équilibre sur le genou de l'autre jambe, attitude que lui permettait sans indécence aucune l'amplitude de son pantalon d'odalisque, s'était arrangée néanmoins pour avoir l'air puérile et incongrue et elle semblait à nouveau absente sous son masque de fille docile. Appuyée au dossier de son fauteuil, elle jouait avec ses boucles, le regard aux aguets entre ses paupières demi-closes ; suspendu à ses dents, brillait un filet de salive. Edith luttait contre son besoin de bâiller. Elle se rendait compte que Mr Neville lui-même était devenu un peu distrait, bien que son expression toujours courtoise n'en laissât rien paraître.

A minuit, ils étaient encore là. Monica, une fois lancée sur son sujet, était devenue intarissable et elle fumait cigarette sur cigarette. Mais Mrs Pusey n'avait pas d'avis bien salutaires à lui donner ; à l'évidence, le souvenir de son propre temps d'adversité, si heureusement terminé par un triomphe, l'inclinait à s'en tenir à de consolantes banalités, qui jusque-là ne passaient pas très bien. La figure de Monica avait fini par s'allonger et par retrouver toute sa morosité. Bref, la soirée s'était conclue sur une note nettement moins harmonieuse que celle de ses débuts, si bien que la fête avait tourné court. Kiki était absent, heureusement, car Alain l'avait encore une fois bouclé dans la salle de bains de Monica à la suite d'une nouvelle incartade. M. Huber, quelque peu déçu dans son rôle de maître des cérémonies, n'en était pas moins resté au rez-de-chaussée dans l'espoir de recevoir des félicitations. Mais celles-ci se faisaient attendre. Tout le monde semblait trop fatigué pour rétablir la situation et, quand Mr Neville offrit son bras à Mrs Pusey, elle ne fut que trop heureuse de l'accepter. Il lui fallut un peu plus de temps que d'habitude pour s'extirper de son fauteuil, mais elle finit tout de même par s'en aller, soutenue par Mr Neville, avec Jennifer qui fermait la marche.

Après s'être réfugiée dans sa chambre, Edith avait essayé, une fois la porte refermée, de découvrir les raisons de son humeur mélancolique, qui lui paraissait intrinsèquement liée aux événements de la soirée et aux réflexions qu'elle s'était faites. Comment avait-elle pu rester de glace au milieu de ces réjouissances ? L'anniversaire de Mrs Pusey et les épousailles qu'elle imaginait pour Jennifer lui avaient ouvert des perspectives insoupçonnées quand elle les avait comparés avec ses propres souvenirs. Dans la maison de ses parents, pour ses anniversaires, c'était elle-même qui faisait le gâteau. Son père l'apportait cérémonieusement sur la table en même temps que le café. Ces petites fêtes étaient de brèves et timides tentatives pour créer cette vie de famille idéale qu'elle avait tant espéré connaître. Sa mère s'empressait d'en rapprocher l'atmosphère de celle des cafés de sa jeunesse et elle se mettait à bavarder avec excitation et humour avant de retomber une fois de plus dans la nostalgie du passé. Quand venait ce moment-là, on avait déjà bu le café et il ne restait plus que des bribes de gâteau dans le plat. Lorsqu'Edith les rapportait à la cuisine, elle savait que la fête était bien finie. Et, chez elle, aucune mention n'avait jamais été faite d'une quelconque cérémonie de mariage.

Paradoxalement, après avoir retrouvé avec soulagement le silence impersonnel de sa chambre, Edith avait senti sa fatigue s'envoler, mais le malaise sous-jacent dont elle avait pris conscience par intermittence en écrivant sa lettre ne tarda pas à remonter à la surface, à grandir, à l'envahir. Et là, en pleine nuit, son cœur se mit à battre de façon désordonnée tandis que sa raison, cessant de jouer son rôle de censeur, se fragmentait et que, dans sa conscience, des zones d'ombre s'éclairaient brusquement pour révéler de dangereux écueils. Le fallacieux prétexte qui l'avait amenée dans ce pays, ce train-train inepte et factice auquel elle paraissait se plier de bonne grâce, ce séjour que lui avaient imposé, pour son bien, des gens incapables de comprendre ce qu'était justement son bien, tout cela lui apparut soudain d'une effarante inanité. Peut-être le champagne, le gâteau au chocolat et l'ensemble des festivités avaient-ils miné ses défenses mentales en entraînant sournoisement des associations d'idées désagréables qui faisaient perdre toute signification aux précautions dont elle s'était soigneusement entourée et qui lui interdisaient tout divertissement en l'obligeant à retrouver sa gravité, à réfléchir douloureusement et à faire le bilan. Elle avait cru qu'en consentant à ce très court exil elle déblayait le terrain, qu'elle effaçait l'ardoise, et qu'on lui permettait en temps voulu de revenir, sagement mortifiée, à ses occupations quotidiennes. « Je déblaie le terrain, Edith », voilà les mots qu'elle avait entendu dire à son père quand il avait déchiré et jeté les papiers qui étaient sur son bureau. « Je déblaie le terrain, c'est tout. » Il lui avait souri, mais ses yeux reflétaient un triste savoir. Il venait d'apprendre que, pour lui, rien ne serait plus jamais pareil, que son séjour à l'hôpital ne serait pas le bref interlude qu'il avait, avec optimisme, annoncé à sa femme. Et il n'était jamais revenu chez lui. Peut-être ne retournerai-je jamais à la maison, moi non plus, se dit-elle avec tristesse. Et, à la base de cette tristesse, il y avait la nette impression d'être en danger, d'être dans le même état d'insécurité que lorsqu'elle voyait l'intrigue d'un de ses romans prête à se dénouer d'elle-même, selon un schéma tout tracé.

Solitaire et silencieuse, tête inclinée, elle se mit à passer scrupuleusement en revue les événements qui l'avaient conduite, hors saison, jusqu'à l'Hôtel du Lac.

IX

Le jour de son mariage, Edith s'était réveillée plus tôt que d'habitude, tous les sens en alerte, car la lumière du jour était dure, blanche et incertaine, détentrice de surprises déplaisantes et bien différente de l'ensoleillement estival qu'elle avait escompté. La couleur du temps lui paraissait de mauvais augure et son réveil trop brutal lui faisait l'effet d'être une sorte de signe, mais signe de quoi, elle n'aurait su le dire ou même l'imaginer. Pis encore, en passant devant sa coiffeuse, elle se vit dans le miroir et fut effrayée de sa pâleur et de ses traits tirés. Je ne suis plus jeune, se dit-elle, et c'est ma dernière chance. Penelope a raison. Il est grand temps que je renonce à mes illusions, les illusions avec lesquelles je suis née, et que je regarde la réalité en face. Je ne verrai jamais se réaliser mon aspiration la plus profonde. Comment serait-ce possible ? Il est trop tard. Mais il me restera les consolations de ce qu'on appelle la maturité : un compagnon agréable, un certain confort, de vraies vacances. C'est une perspective raisonnable et j'ai toujours été une femme raisonnable. Nous sommes tous d'accord là-dessus.

Il y avait Geoffrey Long, cet homme aimable qu'on avait invité à son intention à ce dîner relativement récent, cet homme qui s'était retrouvé si seul après la mort de sa mère : ne lui offrait-il pas la meilleure garantie d'un avenir tranquille et sage ? Seul, un très brave homme pouvait jouer avec autant de candeur son rôle de prétendant officiel. Tout le monde en avait été impressionné, surtout

Penelope, si bien qu'Edith elle-même avait fini par être touchée de son attachement, de sa générosité, de ses perpétuels bouquets de fleurs, de ses attentions tatillonnes. Et, un beau jour, il lui avait donné la lugubre opale de sa mère. Ce qu'il lui offrait, c'était une nouvelle vie, un nouveau domicile, de nouveaux amis et même une maison de campagne, bref, un superflu qu'elle n'aurait jamais songé à se procurer d'elle-même. Il était bien de sa personne, mais il avait des idées démodées : il réprouvait le travail des femmes et il l'asticotait à cause des longues heures qu'elle passait à écrire ses romans. Il mettait à faire sa cour une bonhomie charmante et même un peu comique. Et tout le monde vantait son attachement à sa mère. Tout le monde disait que sa femme aurait bien de la chance. Tout le monde disait qu'Edith avait bien de la chance. Penelope le disait avec un air légèrement agacé qui impliquait qu'elle eût été plus digne qu'Edith de la mériter. Et l'on rappelait sans cesse à Edith sa bonne fortune. Aussi n'avait-elle eu aucune raison valable pour renoncer à tout cela. Elle avait de la chance. J'ai de la chance, se répéta-t-elle en regardant ses traits tirés dans le miroir de sa coiffeuse.

Elle se prépara un grand pot de thé et, comme elle le voulait très fort, elle ouvrit en attendant sa porte de cuisine pour inspecter le jardin. Mais aussitôt un vent malin lui envoya un tourbillon de poussière sur les chevilles et la porte se mit à battre pour jouer à cache-cache avec cette bizarre lumière qui annonçait la venue de nuages encore invisibles et l'obligation de renoncer à un monde de certitudes... A cette maison, par exemple, qui avait été si longtemps sa coquille, son domaine réservé, son refuge pour écrire ou pour dormir dans le silence ensoleillé de ses après-midi solitaires, avant que les enfants, au retour de l'école, fussent rentrés chez eux en poussant la barrière d'autres petits jardins. A ces calmes après-midi, où l'éclat et la chaleur du soleil, pénétrant par la fenêtre située dans son dos, donnaient à ses doigts la force de taper sans relâche sur le clavier, encore et encore, comme s'il avaient eu leur vie propre. A la sensation de fatigue, en fin de journée, que lui signalait toujours quelque altération de la lumière extérieure pour lui permettre de reprendre conscience d'elle-même, de son dos et de ses épaules courbatus, de la légère crampe de ses poignets, de ses cheveux dépeignés et de ses mains sales. Au dégoût qui la prenait en recouvrant sa lucidité, comme si quelque orgie s'était produite, à cette heure justement où les écoliers retrouvaient le chemin de la maison. C'était alors que, quittant la pièce, elle descendait à la cuisine et ouvrait la porte donnant sur l'arrière pour pouvoir respirer l'air délicieusement normal du dehors en attendant que l'eau se mît à frémir dans la bouilloire. Puis elle emportait son thé jusqu'à la salle de bains toute blanche, toute simple, où, après s'être lavé longuement les mains pour en chasser la fatigue et la crasse de la journée, elle se débarrassait de sa robe de coton, la petite robe modeste qu'elle mettait pour travailler, comme si seul un vêtement très ordinaire avait convenu à sa tâche journalière — la confection clandestine d'un produit qui n'était pas de première nécessité. Elle allait ensuite dans sa chambre, où il ne faisait jamais très chaud car il n'y avait du soleil que le matin, et, sans perdre beaucoup de temps, elle s'habillait avec soin et se brossait les cheveux, comme on lui avait appris à le faire dans son enfance, avant de les relever en chignon avec des épingles, d'une main experte et indifférente. Enfin, après s'être regardée gravement dans la glace pour voir si elle était présentable, elle redescendait, se versait une autre tasse de thé et se jugeait enfin prête à aller dans son jardin.

Ce qui allait lui manquer le plus, à son avis, bien qu'elle ne fût pas vraiment jardinière, c'était le jardin. Elle faisait faire le plus gros du travail par un jeune homme taciturne et affreusement pâle, qui était l'employé du marchand de légumes. Il compensait son mutisme habituel par sa passion pour les plantes et par son assiduité à l'ouvrage. Il venait trois fois par semaine, à l'heure du déjeuner, et elle lui laissait à manger sur la table de la cuisine ; inquiète de le voir aussi pâle, elle essayait de lui préparer des choses appétissantes et, bien qu'il eût cent fois préféré un petit pain au fromage et une bouteille de bière, il avalait ses plats délicatement cuisinés en sachant intuitivement qu'elle y attachait de l'importance et qu'il devait prendre cela au sérieux. « J'ai fini, maintenant, criait-il du bas de l'escalier. Je ferai peut-être un saut dimanche. » « Entendu, Terry, criait-elle de là-haut. L'argent est sur le buffet. » Car l'argent leur paraissait à tous les deux un problème à part, à peine relié à ces humbles travaux quotidiens auxquels ils se consacraient avec ferveur l'un comme l'autre, chacun à sa manière.

Edith ne considérait vraiment le jardin comme son domaine que le matin très tôt ou en fin d'après-midi quand, une fois achevée sa tâche journalière, elle restait simplement assise sur un banc de fer forgé assez inconfortable — aimable cadeau fait par Geoffrey après s'être gentiment moqué de son vieux fauteuil d'osier qui craquait de partout et menaçait ruine — et qu'elle regardait le soleil disparaître derrière la haie tout en humant avec bonheur les odeurs que le soir intensifiait. A cette heure-là, régulièrement, l'enfant de sa voisine, une petite fille d'une beauté bouleversante dont la joie de vivre et la candeur étaient déjà menacées par un terrible défaut d'élocution, sortait de chez elle pour voir si Edith était là (elle y était toujours) et se glissait à travers la haie pour venir lui dire bonsoir. Et Edith la regardait se battre avec les mots, tandis que son corps menu vibrait de l'effort qu'elle faisait pour les libérer de leurs entraves ; alors, elle souriait et hochait la tête, comme si ce que disait l'enfant était parfaitement intelligible, puis elle posait les mains, pour la calmer, sur sa tête secouée de tics nerveux et murmurait : « Bonne nuit, mon petit amour. Dors bien. » Elle embrassait la fillette, qui s'était apaisée, et elle l'envoyait se coucher.

La suite de la soirée était moins intéressante. Une visite à Penelope pour avoir le récit des événements du jour, un repas léger (le reste de ce que Terry avait eu pour son déjeuner), les plantes à arroser, et puis le lit, très tôt. Parfois, il faisait encore jour quand elle se couchait, mais comme la lumière la passionnait, elle pouvait abandonner sa lecture juste pour regarder le jour décroître et changer de couleur jusqu'à devenir opaque et sans intérêt. A ce moment-là, il était temps de s'endormir. Elle avait un lit blanc, sans ornements, pas tout à fait assez large. Geoffrey Long, robuste gaillard, le lui avait maintes fois fait remarquer avec une grimace, mais sans se départir de sa bonhomie. Même genre de réflexions de la part de Penelope, dont le lit personnel aurait pu accueillir quatre adultes et était jonché, en dehors de ses heures d'utilisation, d'une profusion de délicats coussins recouverts de tissus choisis de façon à leur faire proclamer à la face du monde : « Je suis une femme d'une féminité exceptionnelle. » Certaines femmes se dressent elles-mêmes des autels, se dit Edith. Et elles ont bien raison. Mais je doute, quant à moi, d'y parvenir jamais.

De toute façon, à Montagu Square, dans la maison où Geoffrey avait vécu précédemment avec sa mère, le lit conjugal était déjà là et, bientôt, Edith allait devoir se faire une place dans les limites d'une chambre qui était agréable, mais dont elle jugeait en secret les coloris un peu trop vifs. C'était elle-même qui les avait choisis, mais elle avait fait l'erreur, peut-être fatale, d'implorer l'aide de Penelope, laquelle l'avait guidée avec compétence à travers un certain nombre de grands magasins, tout en lui indiquant ce qui pouvait plaire à un homme. « Débarrasse-toi de tes goûts fadasses, Edith, lui avait-elle dit à plusieurs reprises. Un homme ne peut pas se sentir à l'aise dans une cellule de nonne. Tu dois tenir compte de ses besoins. » Edith, prête à défaillir dans l'air confiné du magasin et honteuse de ne rien trouver qui l'emballât vraiment, consciente aussi du fait que Penelope semblait bien plus concernée qu'elle-même par l'aventure, avait fini par succomber à ses suggestions insistantes et aux remords que lui inspirait le visage hâve et torturé du pauvre vendeur qui voyait passer l'heure de son déjeuner. Elle avait donc choisi un dessus-de-lit jaune souci, de ruineuses serviettes-éponges du même jaune souci pour la salle de bains vert sombre et plusieurs couvertures de couleur cannelle, moelleuses et bordées de satin. Tout cela était beau et flambant neuf, mais semblait absorber la lumière et alourdir définitivement l'atmosphère. Edith ne pouvait envisager de chercher refuge dans une pareille chambre après sa journée de travail ou même de faire une sieste sur ce superbe lit canné. Elle avait aussi remarqué qu'à Montagu Square les enfants étaient une rareté, qu'il n'y avait pas de jardin et qu'il lui faudrait donc changer du tout au tout le programme qu'elle suivait chaque jour quand venait pour elle l'heure de s'arrêter d'écrire. Mais peut-être n'écrirait-elle pas. Peut-être n'écrirait-elle plus jamais. Elle mènerait la vie qu'elle croyait être celle des autres femmes : faire les courses, la cuisine, organiser des dîners chez elle, aller déjeuner avec des amis. Il y avait eu dans ces relations mondaines un tas de gens qui l'avaient toujours aimablement invitée à leurs soirées et qu'elle n'avait remerciés qu'en exprimant le vœu de leur faire admirer son petit jardin. Jusqu'ici, je n'ai pas payé mes dettes, s'était-elle dit un jour, après avoir regardé avec un plaisir timide sa nouvelle cuisine, si spacieuse. On doit croire que je sors de l'assistance publique. Il va falloir que ça change.

De ce jour-là, les choses avaient changé. Elle n'avait plus vexé personne. Au contraire, tout le monde avait été ravi. David s'était moqué de sa brusque témérité et l'avait soupçonnée en riant d'avoir un amant secret. « Tu dois être amoureuse », avait-il déclaré. Mais elle, n'osant pas rompre le contrat tacite établi entre eux deux, ne lui avait pas dit ce qu'elle avait sur le cœur et elle avait perdu à jamais l'occasion de le lui dire. En conséquence, quand elle avait accompagné Penelope à cette exposition privée où il avait réussi à lui prendre furtivement la main, elle avait guidé son pouce vers son annulaire à elle pour lui faire tâter la vilaine bague de la mère de Geoffrey et il s'était raidi, mais sans poser de questions. Et qu'aurait-il pu dire ? Ils ne s'étaient pas fait de promesses. Plus tard, ce soir-là, lors de leur dernier rendez-vous, il avait enfoui le visage au creux de son épaule en lui murmurant : « C'est bien sérieux ? » Pour elle, c'était d'autant plus sérieux qu'il s'absentait longtemps parfois. Et qu'il n'avait pas cherché à la faire changer d'avis. Voilà pourquoi, un mois plus tard, le matin de son mariage, elle était restée plantée dans sa cuisine à ressasser tout ce qu'elle ne lui avait pas encore dit.

Le bruit d'une clé dans la serrure l'avait soudain fait sursauter. Sa femme de ménage intérimaire, Mrs Dempster, les joues rouges, la mise en plis impeccable, à peine surexcitée, l'avait regardée avec ahurissement. « Quoi, pas encore habillée ? J'espère que vous avez au moins pris votre bain. »

« Pourquoi ? avait demandé Edith. Quelle heure est-il ? »

« Il est dix heures, avait déclaré Mrs Dempsey en détachant ses mots comme si elle s'adressait à un enfant. Dix heures et vous vous mariez à midi, vous vous rappelez ? Au cas où vous voudriez savoir ce que je fais là, eh bien, il y a cette affaire de buffet à organiser. Vous vous rappelez, j'espère... Vous allez revenir ici pour le lunch. Je vous le dis au cas où ça vous serait sorti de l'esprit juste avant que vous vous perdiez dans les nuages. »

Elle avait poussé de grands soupirs en enfilant une blouse impeccable, comme si la seule idée de mariage lui tapait sur le système, un système dont les réactions étaient notoirement imprévisibles. « Les hommes causeront ma perte », avouait-elle souvent en sirotant une de ses innombrables tasses de café. Elle ne se tuait pas à l'ouvrage. Edith soupçonnait Penelope de savoir bien mieux s'y prendre avec elle, mais il fallait admettre que Penelope avait aussi bien mieux à lui offrir en matière de confidences. Penelope et Mrs Dempster avaient, en fait, un intérêt commun : toutes leurs conversations tournaient autour des hommes, qu'elles semblaient aimer et haïr dans la même mesure. Cependant, ce fameux matin, quand Mrs Dempster dit à Edith : « Allez prendre votre bain. Je vais vous faire une bonne tasse de café et vous l'apporterai pendant que vous vous habillerez », Edith se détourna pour cacher les larmes qui lui montaient aux yeux. La gentillesse des gens, se dit-elle, leur gentillesse inattendue !

Elle était dans son bain quand la maison se mit à vibrer aux accents de la voix de Mrs Dempster, qui donnait des ordres à toute une troupe. On déchargeait des caisses de champagne qu'on posait bruyamment quelque part, en dessous d'elle. La tasse de café promise se faisait attendre, tant était grande l'agitation provoquée au rez-de-chaussée par l'organisation de la réception. La maison frémissait du va-et-vient des fleuristes et des jeunes employées du traiteur qui s'étaient empressées d'envahir la cuisine pour mettre des pointes d'asperges sur les canapés, remplir les vol-au-vent de champignons et sortir de leur boîte les minuscules beignets au fromage, les langues-de-chat glacées à l'orange et le Nesselrode pudding. « Un pudding, Edith ? Tu as perdu la tête ! » s'était exclamée Penelope. « Ma mère adorait ça », avait rétorqué Edith, tout en sachant que sa mère aurait trouvé lamentable cette histoire de mariage. Elle entendit des jeunes filles à la voix perçante réclamer d'autres vases et l'une d'entre elles crier en direction de la porte d'entrée : « Presse-toi un peu, Sarah ! On doit être parti d'ici à onze heures et demie pour avoir le temps de faire aussi Tregunter Road... Ah, du café ! Vous êtes un ange, Mrs Dempster. Sarah, viens boire du café ! » Puis il y eut un brusque arrêt du brouhaha, comme si, en bas, on avait décidé de tout laisser tomber. Mais, quand Edith retourna dans sa chambre, elle trouva sur sa coiffeuse une tasse de café et, posés sur la soucoupe, deux biscuits que Mrs Dempster avait dû apporter de chez elle, puisqu'Edith n'avait pas souvenir d'en avoir jamais acheté.

Elle enfila ses jolis bas fins et sa splendide combinaison de satin gris. Rejetant l'offre de Penelope qui voulait aussi la conseiller sur sa tenue de mariée, elle avait pris une série d'autobus inhabituels pour aller porter jusqu'à Ealing, chez une vieille couturière polonaise, un beau tissu bleu-gris en laine et soie. En conséquence, elle se retrouva habillée d'un ensemble imitation Chanel fort bien fait, dont la veste était gansée de soie bleu marine et blanc. Sur le corsage ras du cou, tout simple, que lui avait fait également Mme Wienaska, elle portait les perles de sa tante Anna, qui constituaient à la fois toute sa dot et l'unique témoignage d'une présence familiale. Elle avait des chaussures bleu et blanc, dont les talons, à son avis, étaient un peu trop hauts, et elle allait enfiler ses gants blancs. S'étant refusée à mettre un chapeau, elle avait remonté ses cheveux torsadés un peu plus haut que d'habitude et, en se regardant dans la glace, elle fut satisfaite de son image. Elle faisait élégante et sûre d'elle-même. Je suis une grande personne, se dit-elle. Enfin.

Elle sentit monter en elle un vague sentiment de plaisir, le premier de ce jour-là. Un sourire bienveillant et candide éclairait son visage quand elle descendit l'escalier. Sarah et ses amies (Kate ? Belinda ?) étaient trop occupées pour faire attention à elle et Mrs Dempster, assise avec Penelope à la table de cuisine, était absorbée par quelque passionnante discussion. Edith constata avec intérêt que Penelope portait une robe de soie imprimée qui avait dû coûter les yeux de la tête et un gigantesque chapeau de paille rouge dont le bord s'incurvait et retombait souplement sur une de ses épaules en effleurant sa joue. Des plis et replis de sa robe montait un parfum capiteux et, à ses oreilles, pendaient les fameux diamants de Mère, qu'elle tripotait de temps à autre, du bout de ses doigts aux longs ongles carminés. C'était une toilette qui avait la complète approbation de Mrs Dempster et qui était, à vrai dire, radieusement nuptiale, mais qui formait un curieux contraste avec le coutil tendu sur les lourdes hanches des jeunes filles occupées à enrouler soigneusement de la pâte d'amande autour du manche d'une cuiller en bois. Aussitôt que Penelope et Mrs Dempster virent Edith, elles abandonnèrent leur discussion pour l'examiner d'un air sourcilleux et froid. Avec une froideur presque égale à la leur, Edith se demanda qui d'elles trois pourrait être jugée la plus belle. Serait-ce Penelope, se dit-elle, qui affirme savoir parfaitement ce qui plaît aux messieurs, ou bien moi, qui n'ai comme atout que le petit chef-d'œuvre de ma couturière polonaise ? S'il y avait un homme ici, nous pourrions rejouer le Jugement de Pâris. Sauf si cet homme était Geoffrey (et, pour le moment, qui pourrait-il être d'autre ?), car Geoffrey s'arrangerait sûrement pour trouver un compliment à faire à toutes les trois.

Le silence fut rompu par l'une des jeunes filles, qui expédiait sa part de l'ouvrage à une allure surprenante. « Oh, drôlement joli ! dit-elle. Mais est-ce que ça vous ennuierait de vous ôter de là ? Va falloir qu'on parte en quatrième vitesse et on voudrait remettre un peu d'ordre... Meilleurs vœux et tout ce qui s'ensuit », ajouta-t-elle.

Edith en fut alors réduite à faire le tour du jardin, tandis que Penelope et Mrs Dempster restaient à surveiller les jeunes filles dans la cuisine, tout en souhaitant qu'Edith se rendît compte de la chance qu'elle avait, car l'une et l'autre étaient du même avis : dans son cas, une pareille chance n'allait absolument pas de soi et n'était même pas tellement méritée. « La moitié du temps, elle est dans les nuages. Sans arrêt à fabriquer ses petites histoires, fit observer Mrs Dempster. Des fois, j'en arrive à me demander si elle s'y connaît, dans ces affaires-là. » Penelope se mit à rire et Edith, surprenant la scène par la porte ouverte de la cuisine, aurait bien aimé savoir si les deux autres lui permettraient de se joindre à leur hilarité. Avant de s'éloigner, elle entendit Penelope répliquer : « Mais, ma pauvre, c'est à moi qu'arrivent les histoires qu'elle raconte ! Je me dis qu'un de ces jours elle va me mettre dans un livre. »

C'est déjà fait, pensa Edith. Mais tu ne t'es pas reconnue.

Bientôt, elle se sentit fatiguée, un peu frigorifiée et même affamée. Elle avait l'impression de sortir à peine d'une grave maladie de langueur et de risquer à tout moment d'être prise de migraines ou de fondre en larmes. Elle regretta de ne pas avoir sur le dos un vêtement chaud, de préférence avachi — une vieille robe de chambre, par exemple — et de ne pouvoir avaler à petites gorgées un bon chocolat au lait. Consciente de sa solitude profonde, elle se dit que beaucoup de mariées devaient être dans son cas. Mais il ne devait pas y en avoir beaucoup qu'on laissait maintenant, comme elle, se réfugier au salon, s'y asseoir sagement et se relever de temps en temps pour voir par la fenêtre si les voitures arrivaient. Quand apparut enfin une rutilante limousine, elle se demanda si c'était bien à la mariée de retourner à la cuisine, où régnait désormais une atmosphère chaleureuse et amicale, pour crier : « Penelope, ta voiture est là ! » Edith ne savait plus qui avait décidé que Penelope, étant demoiselle d'honneur, devait arriver la première au Bureau des Mariages, pour y opérer sa jonction avec Geoffrey et son garçon d'honneur, lequel était, en plus fort et en plus somnolent, une sorte de sosie du marié lui-même. Ainsi, ils seraient en mesure d'accueillir Edith, qui ne devait arriver qu'un quart d'heure plus tard, dans la seconde voiture, toute seule. Quant à Mrs Dempster, elle avait souhaité rester à la maison afin de pouvoir se changer dans la chambre d'Edith et, une fois revêtue d'atours particulièrement remarquables, d'être là pour accueillir les invités et leur faire les honneurs du buffet.

Lorsque Penelope eut consenti à quitter la maison, sans se presser le moins du monde, pour bien se faire admirer du petit groupe de gamins attroupés dans la rue qui la fixèrent sans broncher, le calme revint pour un moment. L'équipe du traiteur était repartie précipitamment en se demandant le temps qu'il fallait pour aller à Tregunter Road. A l'étage, Mrs Dempster se faisait couler un bain. Edith resta debout devant la fenêtre. Puis, bien trop tôt, ce fut son tour de s'en aller.

La voiture s'éloigna lentement et Edith, désemparée, fut prise d'une sorte de nostalgie. Sur la façade de sa petite maison, certains détails la frappèrent comme si elle les voyait pour la première fois. Il aurait fallu la faire repeindre, se dit-elle. Puis elle ajouta mentalement : J'aurais vraiment dû le faire. Plus loin, elle s'aperçut du charme extraordinaire des devantures qu'elle longeait quotidiennement sans les voir : celles des pompes funèbres et du pharmacien, celle du marchand de journaux avec son étalage discret de magazines réservés aux adultes, dont presque toutes les couvertures montraient des filles cul par-dessus tête et faisant de l'œil aux passants la figure entre les jambes, celle du bureau de loterie avec son trottoir jonché de billets déchirés. Tandis que la voiture l'emportait vers son destin, elle vit avec une mélancolie profonde le marchand de fruits et légumes cypriote emerger de l'arrière de sa boutique en portant un seau plein d'eau : il en inonda le trottoir d'un grand geste circulaire qui fit tressaillir Edith de plaisir. Elle vit aussi des jeunes gens en blouse blanche monter au pas de charge les marches de l'hôpital, puis elle vit l'aire de jeux, la crèche, le marché aux fleurs, un ou deux bistrots et une assez jolie boutique de modes. Elle vit enfin le Bureau des Mariages, avec des gens attroupés devant l'entrée, qui étaient restés à bavarder sur le trottoir. Telle une voyageuse venue d'une autre planète, elle vit son éditeur, son agent littéraire, un cinglé qui était le cousin végétarien de son pauvre père, plusieurs de ses amis et quelques rares voisins. Penelope, qui semblait tout excitée et dont le chapeau rouge attirait l'attention d'un ou deux photographes, était en grande conversation avec Geoffrey et son garçon d'honneur. Alors, Edith vit Geoffrey. Et, comme en un éclair, mais une fois pour toutes, elle se vit elle-même, discrète comme une petite souris.

Elle se pencha aussitôt vers l'avant de la voiture et dit au chauffeur avec un flegme parfait : « Pourriez-vous m'emmener un peu plus loin, s'il vous plaît ? J'ai changé d'idée. »

« Certainement, Madame, répliqua-t-il en croyant, devant son air effacé, qu'elle n'était qu'une invitée. Où voulez-vous aller ? »

« Nous pourrions peut-être faire le tour du parc », suggéra-t-elle.

Au moment où la voiture passait en douceur devant le Bureau des Mariages, Edith vit, comme sur une image fixe de film, Penelope et Geoffrey bouche bée, qui ouvraient de grands yeux horrifiés. Puis la scène s'anima légèrement au fur et à mesure que les invités descendaient les marches à la débandade et cela lui rappela la fameuse séquence d'un vieux chef-d'œuvre qu'on ne voyait plus qu'en cinémathèque. Elle eut alors l'impression d'être le témoin occasionnel d'une sorte d'événement héroïque et elle s'attendit à entendre éclater des coups de feu et à voir tomber des morts. Mais très vite, étonnamment vite, elle les laissa tous bien loin derrière elle et, comme pour signaler qu'elle venait de s'évader, un soleil incandescent sortit des nuages et se mit à flamboyer en déversant sur Sloane Square la chaleur trompeuse d'un été de la Saint-Martin. Ensuite, la voiture traversa le parc à petite vitesse ; Edith ouvrit sa vitre pour respirer avec extase l'air frais du dehors, en regardant d'un œil attentif et ravi les gamins qui jouaient au foot, les jeunes cavalières bien en chair qui tressautaient lourdement sur leur selle et les touristes qui examinaient des cartes en fronçant les sourcils et voulaient sans doute savoir où se trouvait Harrods.

« Encore un tour », dit-elle au chauffeur d'un ton suppliant. Mais son exaltation commençait à tomber, car elle prenait peu à peu conscience des conséquences immédiates de son acte.

A l'heure qu'il était, tout le monde devait être revenu chez elle ; Geoffrey se trouvait sans doute assis dans le salon, la tête dans les mains ; Mrs Dempster demandait d'une voix lugubre ce qu'elle devait faire de toutes ces victuailles et Penelope dirigeait de main de maître les opérations. Tout d'un coup, Edith remarqua que les feuilles se mettaient à bouger et que le ciel se couvrait de nouveau. Elle avait également très froid. Et, à son grand regret, toujours faim.

A son retour, ce fut terrible. Elle retrouva sa petite maison vibrante d'indignation, mais elle se réjouit de voir que son éditeur et un ou deux de ses plus vieux amis buvaient tranquillement du champagne dans le jardin. Elle monta discrètement jusqu'à sa chambre, qu'elle trouva jonchée des vêtements de Mrs Dempster et imprégnée du parfum de Mrs Dempster. De là-haut, elle entendit Penelope déclarer : « Servez-vous de tout, je vous en prie. Au moins, nous avons quelque chose à vous offrir.

Je me demande bien ce qui est arrivé à Edith. Elle a dû avoir un malaise. » En entendant cela, Edith soupira et se résigna à descendre l'escalier, consciente à l'extrême de commettre une indélicatesse en osant se montrer.

Elle se dirigea tout droit vers le salon et alla mettre la main sur l'épaule de Geoffrey. « Geoffrey, dit-elle, je suis vraiment désolée. » Il leva les yeux vers elle et, avec une immense dignité, l'obligea à retirer sa main. « Je n'ai plus rien à vous dire, Edith, déclara-t-il solennellement. Vous m'avez ridiculisé devant tout le monde. »

« Geoffrey, vous allez bientôt découvrir que c'est moi qui me suis ridiculisée. »

Il ignora sa remarque : « Mais je rends grâce au Ciel que ma pauvre mère n'en ait pas été témoin. »

Ils baissèrent tous les deux les yeux sur la bague à l'opale et Edith l'ôta de son doigt pour la lui rendre. « Au revoir, Geoffrey », dit-elle enfin. Et elle quitta la pièce.

« Je vais dans le jardin, Penelope, annonça-t-elle à la cantonade, ce qui provoqua de nouveaux murmures scandalisés. J'ai un mot à dire à Harold et à Mary. » S'emparant alors d'un verre de champagne, elle alla dans le jardin, échangea quelques propos aimables avec son agent sans lui donner la moindre explication, puis décida de s'asseoir dans un coin en attendant le départ de tout le monde.

Bien entendu, on la condamna sans jugement. Elle entendit Penelope et Mrs Dempster disserter interminablement sur sa turpitude, son infantilisme, sa veulerie, son irresponsabilité, sa déloyauté et son manque confondant de sensibilité féminine. Les deux femmes lui assurèrent ensuite qu'elle venait de laisser passer sa dernière chance. Qu'elle n'avait plus à se faire d'illusions de ce côté-là, quoi qu'elle pût en penser. Qu'elles se demandaient toutes les deux comment Edith pouvait encore avoir l'audace de relever la tête. Que la meilleure chose à faire dans son cas serait de disparaître jusqu'à ce que la raison lui revînt et qu'elle pût payer sa dette envers la société outragée. Après avoir supporté tout cela en silence, tête baissée, Edith constata que les voix s'étaient tues, que les pas s'étaient éloignés, que la porte d'entrée venait de claquer et qu'elle était seule.

Par précaution, elle attendit cinq minutes, puis elle alla vers le téléphone et composa un numéro.

« Stanley ? dit-elle. Est-ce que David est là ? »

« Il est parti faire une vente du côté de Worcester, répliqua l'autre. Il aurait pu envoyer n'importe qui à sa place. Je ne sais pas pourquoi il y est allé. »

« Pouvez-vous le joindre de ma part ? Et lui dire de passer ce soir ? Dès qu'il le pourra ? Oh, à propos, c'est Edith ! »

« Vous ne vous êtes donc pas mariée ? » demanda Stanley sans le moindre étonnement.

« Non, dit-elle. J'ai changé d'idée. »

Elle remonta dans sa chambre, qui était enfin débarrassée des affaires de Mrs Dempster, mais qui sentait toujours le parfum ; elle ouvrit la fenêtre et changea son beau tailleur contre une robe de coton bleu. Elle resta une demi-heure au moins assise sur le lit à ruminer sa honte. Puis elle se leva pour fermer la fenêtre car le soir qui tombait rafraîchissait l'atmosphère. C'est alors qu'elle aperçut Geoffrey sortant de chez Penelope et paraissant, sans conteste, de bien meilleure humeur. Elle a dû l'envoyer retenir une table au restaurant, se dit-elle.

Deux heures plus tard, elle était encore là, dans le noir, à guetter le bruit de la voiture de David. Elle avait l'esprit complètement vide, mais elle brûlait de désir, un désir qu'elle considérait à présent comme fatal. Son écart de conduite, en effet, était difficilement admissible et allait inévitablement provoquer une réaction en chaîne. Il y aurait de l'amusement, d'abord, puis viendraient la méfiance et le rejet. Quand les gens se brouillaient, ils pouvaient à la rigueur se réconcilier, mais on ne pardonnait jamais à ceux qui mettaient les autres dans l'embarras. Et Edith avait d'avance la triste certitude qu'on la trouverait désormais embarrassante.

Malgré tout, David, en arrivant, la serra contre lui sans rien dire. Quand il relâcha son étreinte, il recula et la retint à bout de bras pour la regarder. Elle lut de la souffrance et de l'épuisement sur son visage et elle comprit qu'elle en était responsable. Elle y lut bien autre chose. Il avait l'air lugubre et méfiant. La situation était devenue trop compliquée et trop lourde pour lui : elle ne correspondait plus à leur contrat tacite. Car ils étaient l'un comme l'autre des gens sensés. Il ne pouvait être question pour eux de souffrir ou de faire souffrir, pas même avec des mots. Surtout pas avec des mots. Edith, en conséquence, rassembla le peu de courage qui lui restait et qui ne cessait de diminuer pour tourner toute l'affaire en plaisanterie. Elle dit qu'il s'agissait d'une erreur de distribution. Que le pauvre Geoffrey n'était qu'une doublure. Que ce dont elle avait besoin, en fait, c'était de vacances. Que, de toute évidence, elle n'était pas du bois dont on fait les femmes mariées. Mais qu'ils auraient intérêt tous les deux à terminer le champagne. En fin de compte, David, après avoir regardé à la télévision un film sinistre, retrouva sa bonne humeur. Ils redevinrent amoureux. Cependant, quand il la quitta, elle remarqua, après lui avoir fait de grands signes d'adieu, qu'il n'avait pas touché à l'assiette de petits fours qu'elle était allée lui choisir parmi les reliefs du buffet.

Elle passa deux ou trois jours à attendre de ses nouvelles, sans savoir que, pendant ce temps, d'autres faisaient des projets pour elle. Et, quand le téléphone sonna, ce fut la voix de Penelope qu'elle entendit : celle-ci lui donna le nom d'un excellent hôtel, des indications sur les transports aériens et sur ce qu'il fallait emporter dans ses valises. Sa disparition avait l'air d'arranger tout le monde et, pour bien s'assurer qu'elle s'en irait, Penelope contrôla chacun de ses mouvements. Elle lui permit pourtant d'aller déjeuner avec son agent et de lui donner son adresse, car il était malheureusement probable qu'elle ne devrait compter désormais pour survivre que sur les ressources de son intelligence ou, du moins, de sa plume. Le jour de son départ, dans une grisaille automnale, elle accepta de se rendre à l'aéroport dans la voiture de Penelope. Mrs Dempster avait promis de venir une dernière fois le lendemain faire le ménage à fond. Après quoi, elle rendrait la clé à Penelope, parce qu'elle ne savait pas trop si elle reviendrait. Elle avait de ces bizarreries ! C'était une femme sensible. Edith devrait donc prendre d'autres dispositions.

Mais, au moment où la voiture partait, Edith eut la consolation de voir Terry, plus pâle que jamais, qui marchait sur le trottoir d'un pas assuré et portait une boîte remplie de plants à repiquer. Il leva sa main restée libre en brandissant le double de la clé d'Edith, et elle lui fit des signes. Au moins, se dit-elle, le jardin ne sera pas abandonné.

X

Après s'être imprudemment et trop longuement plongée dans ses pénibles souvenirs, Edith finit par se coucher, la tête lourde, à une heure avancée de la nuit. L'hôtel était totalement silencieux et, au-dehors, sur la rive du lac, plus aucune voiture ne roulait. Elle sombra d'un coup dans le sommeil, comme sous l'effet d'un anesthésique : le noir absolu. Au matin, quand elle rouvrit les yeux, le ciel était aussi gris, aussi morne qu'au moment de son arrivée. Elle avait oublié de fermer les rideaux et il faisait grand jour dans la chambre. Angoissée, comme s'il avait pu se passer quelque chose d'inquiétant pendant qu'elle était inconsciente, elle se redressa pour chercher sa montre. Il était huit heures. C'était une heure raisonnable pour se réveiller quand on n'avait rien à faire de précis de sa journée, mais Edith avait l'habitude de se mettre à écrire très tôt, parfois avant le passage du laitier ou du livreur de journaux, et elle se sentit en faute.

Elle sonna pour avoir son petit déjeuner, prit un bain et s'habilla rapidement, impatiente d'effacer les traces du désarroi où l'avaient mise ses réflexions nocturnes. Puis elle alla jusqu'à la fenêtre et sortit sur le balcon. Elle frissonna, étonnée qu'il fît aussi froid. Certes, ce n'était pas encore l'hiver, mais l'automne semblait tirer à sa fin. Les arbres raides, que n'agitait pas le moindre souffle de vent, avaient un aspect squelettique ; ils avaient fini par perdre toutes leurs feuilles, qui gisaient, recroquevillées et vides de sève, sur l'herbe jaunie. Les bruits du matin étaient étouffés et intermittents, comme si l'endroit était déjà presque désert. Au-dessous d'Edith, devant l'entrée de l'hôtel, un homme en chandail briquait une voiture qu'elle reconnut. C'était celle qui venait ponctuellement chercher Mrs Pusey et Jennifer pour leur escapade quotidienne. Une des femmes de chambre sortit de l'hôtel pour échanger avec le chauffeur quelques mots qu'Edith ne put entendre. La jeune femme se mit à bâiller et à se frotter la joue, puis elle resta un moment, indécise, à regarder la surface du lac. Tout semblait parler de fermeture imminente, d'arrêt total des activités. Dans la lointaine grisaille, les contours de la montagne se discernaient à peine.

Affamée, car elle l'était immanquablement à chacun de ses accès de tristesse, Edith rentra dans sa chambre en se demandant pourquoi on ne lui avait pas encore apporté son petit déjeuner. Elle se rapprocha du lit pour prendre le téléphone et fut assez étonnée de devoir sonner à deux reprises. Jusque-là, cela ne lui était jamais arrivé. Mais, en approchant le récepteur de son oreille, elle entendit un long bourdonnement qui laissait à penser qu'il n'y avait personne en bas pour lui répondre. Au bout d'une minute ou deux, elle raccrocha, en se disant qu'une partie du personnel devait déjà être en congé et qu'elle ferait aussi bien d'aller boire un café en ville. De toute façon, elle était pressée de quitter cette chambre devenue pour elle une prison, depuis qu'elle s'y était fait l'aveu de ses erreurs passées. En outre, elle ne se sentait pas le courage de rencontrer les autres et d'échanger des propos enjoués avec les Pusey ou avec Monica, ou encore et surtout avec Mr Neville.

Tandis qu'elle changeait ses chaussures contre des souliers de marche, elle prit soudain conscience d'une rumeur qui venait du couloir, d'un bruit de porte qui s'ouvrait et se refermait presque en claquant, puis d'une sérieuse altercation, dominée par la voix rauque d'un jeune homme. Intriguée, elle sortit dans le couloir et entendit des plaintes et des gémissements qui venaient de chez les Pusey. Elle vit M. Huber et son gendre qui, avant d'entrer dans la chambre de Mrs Pusey, semblaient se consulter sur un plan d'action. Devant leur visage résolument fermé, Edith supposa que les divertissements de la veille au soir avaient mal tourné pour Mrs Pusey, qu'elle avait eu un accident quelconque, qu'elle était tombée malade et que les hôteliers avaient la terrible responsabilité de prendre des dispositions spéciales pour l'envoyer à l'hôpital. Elle retourna dans sa chambre et tenta de se calmer. Encore sous le coup du chagrin et de la panique qu'avait provoqués sa longue nuit d'introspection, elle avait l'impression qu'on allait lui demander des comptes pour tout événement funeste qui serait survenu, quels qu'en fussent l'heure et l'endroit. Cependant, s'efforçant de reprendre son sang-froid, elle rouvrit la porte et longea le couloir jusqu'à la suite des Pusey. En entrant dans le petit salon, elle s'aperçut qu'elle arrivait la dernière sur une scène où figuraient déjà Monica, Alain, M. Huber et le gendre de M. Huber. Mrs Pusey, allongée sur une chaise longue, avait la main sur sa poitrine, mais elle était fardée avec le plus grand soin et vêtue de son kimono de soie rose. Comme elle gardait les yeux fermés, Edith se demanda avec affolement ce qu'elle pourrait faire pour lui porter secours. C'est alors que M. Huber s'avança et vint prendre la main de Mrs Pusey. Penché sur elle, il lui murmura quelques mots et se mit à lui tapoter doucement le poignet. Alain, le jeune serveur, était tout rouge et paraissait au bord des larmes ; il se tenait très raide, comme pour affronter une cour martiale.

Edith voulut rompre le silence : « Mrs Pusey ! Vous allez bien ? Qu'est-il arrivé ? »

Les yeux de Mrs Pusey s'ouvrirent : « Edith, c'est gentil à vous d'être venue ! » Sa voix semblait distante, vaguement chargée de répréhension. « Allez retrouver Jennifer, voulez-vous ? »

L'estomac noué par la peur, mais heureusement toujours vide, Edith se rendit chez Jennifer, s'attendant à y découvrir quelque chose comme l'abomination de la désolation : Jennifer malade ou, plus vraisemblablement, dans tous ses états. Mais ce qu'elle vit, ce fut une Jennifer confortablement assise dans son lit, l'air maussade, le rouge aux joues et la lèvre boudeuse, dont les épaules dodues émergeaient du décolleté trop généreux d'une chemise de batiste assurément virginale, mais très légèrement transparente.

« Vous allez bien ? lui demanda Edith. Serait-il arrivé quelque chose ? »

Jennifer la regarda de biais. « Oui, je vais bien », répondit-elle sans ajouter d'explications.

« Qu'est-ce que je peux faire pour vous ? » reprit Edith, perplexe, en constatant que Jennifer, de toute évidence, allait très bien.

« Je voudrais qu'on me rapporte du café. Celui-ci est froid, maintenant. » Elle montrait le plateau du petit déjeuner et, à cette vue, Edith sentit de nouveau la faim lui tenailler l'estomac.

« Du café et c'est tout ? Vous ne voulez pas que j'appelle quelqu'un, un docteur, par exemple ? »

« Oh, mon dieu, non ! Occupez-vous plutôt de maman, voulez-vous ? Elle est un peu bouleversée. »

Elle avait l'air lugubre et bizarrement butée. Elle fait la tête, se dit Edith. Mais pourquoi tant d'apathie ? Si sa mère n'est pas bien, elle devrait être auprès d'elle. Et moi, en quoi suis-je concernée ?

Elle quitta la chambre de Jennifer pour revenir au salon, où M. Huber était en train de sermonner Alain, tandis que son gendre tentait sans succès de ramener le calme et que Mrs Pusey gardait les yeux fermés. Monica, appuyée contre la porte, haussait les sourcils avec une moue ironique et désabusée. Quand Edith réapparut, ils lui lancèrent un regard interrogateur.

« Jennifer voudrait du café chaud », dit-elle.

Le gendre de M. Huber s'en fut alors dans le couloir alerter d'un claquement de doigts quelqu'un qui attendait là. Privé de cette présence apaisante, M. Huber en profita pour attraper Alain par le bras et le secouer vertement. « *Imbécile* !* disait-il entre chaque secousse. *Imbécile* !* »

Alain, perdant brusquement toute réserve, viola son propre code de l'honneur et s'exclama : « *Mais je n'ai rien fait, je n'ai rien fait* !* »

« *Imbécile* !* » répéta M. Huber, complètement essoufflé. « *Madame* !* cria le jeune homme à l'adresse d'Edith. *Dites-leur que je n'ai rien fait*.* »

« Est-ce que quelqu'un pourrait m'apprendre... » commença Edith. Mais, en dépit de ses précautions oratoires, Alain, bouleversé, s'élança comme un fou vers la porte pour cacher les larmes, longtemps retenues, qui lui montaient aux yeux. Et, avant qu'on eût songé à le rattraper, il filait déjà dans le couloir en hurlant : « Maryvonne ! Maryvonne ! » Une porte s'ouvrit, laissant apparaître la tête effarée de la blonde Maryvonne. Aveuglé par son chagrin, Alain courut à tâtons vers la jeune fille qui lui passa le bras autour de la taille, approcha sa tête de la sienne et l'entraîna aussitôt vers l'escalier, où ils disparurent tous les deux.

Dans le salon de Mrs Pusey, il y eut un grand silence, comme si personne ne savait plus quoi faire. Mais, quand on apporta le café réclamé par Jennifer, Monica, M. Huber et son gendre décidèrent brusquement de s'en aller, en assurant Mrs Pusey qu'elle pouvait les appeler à tout moment en cas de besoin. Edith voulut sortir à son tour, puisqu'elle voyait bien qu'il n'était question ni de maladie, ni de délit grave, ni de quoi que ce fût d'urgent. Au moment où elle prenait la direction de la porte, Mrs Pusey agita faiblement la main.

« Ne partez pas, Edith, murmura-t-elle. Je suis encore sous le choc. »

Quand elle se redressa pour prendre une tasse de café, elle parut, peut-être en vertu de ce geste éminemment sociable, recouvrer à la fois son énergie et sa présence d'esprit. « Pouvez-vous en porter un peu à Jennifer, ma chère amie ? demanda-t-elle avec une incroyable désinvolture. Je l'ai obligée à se remettre au lit. Après une pareille histoire, je me suis dit que nous devions nous reposer toute la matinée. Ça nous permettra peut-être de nous lever pour déjeuner. A moins qu'on ne nous monte quelque chose. Je n'aurai sûrement pas faim. » Elle eut un soupir frémissant.

« Mrs Pusey, pouvez-vous me dire ce qui s'est passé ? demanda Edith en s'emparant de la tasse de café qu'elle devait porter à Jennifer et dont la bonne odeur lui chatouillait les narines. Qu'est-ce qui ne va pas avec Jennifer ? Elle m'a l'air de bien se porter. Pourquoi donc M. Huber secouait-il ce pauvre Alain ? »

« Ce pauvre Alain ? rétorqua Mrs Pusey. Ah, j'aime bien ça ! Drôle de pauvre Alain ! »

« Mais qu'a-t-il fait ? »

« Rien, admit Mrs Pusey d'un ton menaçant, en se tapotant les coins de la bouche avec son mouchoir. Mais Dieu sait ce qu'il aurait pu faire ! »

« Excusez-moi, reprit Edith. Je ne sais toujours pas ce qui s'est passé. »

« Cette nuit, j'ai mal dormi, déclara Mrs Pusey. Je n'ai pu trouver le sommeil qu'au petit matin. Et c'est alors qu'un bruit m'a réveillée. Un bruit de porte. Je me suis dit aussitôt : il y a quelqu'un dans la chambre de Jennifer. Ça m'a donné un coup au cœur. Si jamais quelque chose lui était arrivé... »

« Mais rien ne lui est arrivé », dit Edith avec douceur.

« J'ai réussi tant bien que mal à quitter mon lit, reprit Mrs Pusey sans lui prêter attention. J'ai sonné. Puis je me suis forcée à aller voir. Je tremblais. J'ai failli hurler. Mais, grâce au Ciel, elle était indemne. » Elle s'essuya à nouveau la bouche.

« Oui, ce que vous aviez entendu, c'était Alain qui lui apportait son petit déjeuner, dit encore Edith. C'est qu'il était déjà tard, vous savez. Vous n'aviez pas l'habitude de dormir jusqu'à cette heure-là et vous vous êtes réveillée en peur. Mais vous allez très bien, maintenant. »

Mrs Pusey se versa une autre tasse de café. « Oh, bien entendu, je suis revenue ici et je me suis ressaisie, mais l'émotion que j'ai eue, Edith, l'émotion que j'ai eue ! » En fait, elle semblait encore assez troublée. « Et, bien entendu, quand Jennifer constate que je suis bouleversée, ça la bouleverse à son tour. Je lui ai dit de rester au lit, répéta-t-elle. Et j'ai dit à M. Huber de mettre une femme de chambre à cet étage. Je ne veux plus que ce garçon rôde par ici. Il ne m'a jamais plu. Ses yeux sont trop petits. »

Edith, qui était restée tout le temps debout, s'éloigna de la chaise longue de Mrs Pusey pour aller vers la fenêtre. Elle ne pouvait oublier le spectacle qu'offrait Jennifer assise dans son lit, les épaules nues dans l'échancrure trop généreuse de sa chemise de nuit. Elle revoyait Alain fondant en larmes comme un gamin pris en faute et s'échappant dans le couloir. Et elle se rappela finalement — mais n'avait-elle pas rêvé ! — le bruit d'une porte qui s'était ouverte et refermée. C'est tout de même bizarre, se dit-elle. Tout de même bizarre.

Elle appuya un moment la tête contre la vitre froide pour attendre que Mrs Pusey eût fini de boire son café. Elle essaya de dominer le vague sentiment de gêne, encore presque imperceptible, qui allait sûrement grandir si elle n'y prenait garde. Mrs Pusey a peur, se répéta-t-elle. Toute modification du statu quo lui inspire de la crainte. Elle est vieille et superficielle ; elle ne peut pas se permettre d'avoir peur et c'est pourquoi il lui faut projeter ses états d'âme sur quelqu'un d'autre. Mais tout le monde finira par se calmer ; ce soir, tout sera oublié. D'ici là, je ferais tout de même mieux de laisser tomber un peu les Pusey. Après tout, nous n'avons rien en commun.

En se retournant, elle surprit Mrs Pusey qui raclait délicatement avec sa cuiller le sucre fondu resté dans sa tasse. « Vous devriez vous reposer, lui dit Edith d'un ton un peu plus ferme qu'auparavant. A votre place, je ne bougerais pas de la journée. Je suis sûre que tout ça sera vite oublié. »

« Bien entendu, il faut qu'il s'en aille, répliqua Mrs Pusey. J'en parlerai à Mr Huber. Sur ce point, je peux vous l'assurer, il n'y aura pas de difficultés. Mais quand je pense que je viens ici depuis tant d'années ! Et à ce que mon mari aurait fait, ça, je n'ose y penser ! » Oppressée, elle porta de nouveau la main à sa poitrine. « Oui, allez-vous-en, chère amie, si vous y tenez. Je sais que vous avez envie de sortir. Vous êtes une championne de la marche. Mais, en descendant, dites donc à Mr Huber de monter, voulez-vous ? »

Edith referma doucement la porte derrière elle. Elle ne vit personne dans le couloir, ni dans l'escalier. Elle entendit de l'eau couler dans les salles de bains, des aspirateurs ronronner à qui mieux mieux et des femmes de chambre se mettre à discuter bruyamment dans l'une des pièces. En bas, quand elle passa devant la réception, elle surprit M. Huber et son gendre en grande conversation et, pour une fois, en excellents termes, l'air détaché, ironique et désabusé. Elle leur fit un léger signe de tête et poursuivit sa route. Une fois franchie la porte à tambour, elle frissonna dans l'air glacé, que les brouillards montés du lac chargeaient peu à peu d'humidité. Elle était trop légèrement vêtue et se sentait patraque, mais elle se refusa instinctivement à rentrer à l'hôtel pour enfiler un autre chandail. Il me faut du café, se dit-elle. Et puis, je marcherai longtemps et, si possible, je déjeunerai loin d'ici. Je n'ai pas besoin de rentrer avant ce soir. A vrai dire, j'aurais sûrement intérêt à rester à l'écart de tous ces gens pendant un certain temps. Après cette petite comédie, je sens que ma patience commence à s'user.

En marchant parmi les feuilles mortes, les mains enfouies dans les poches de son cardigan, Edith eut l'impression que les remous provoqués dans son esprit par le récent incident allaient en s'élargissant et finissaient par englober non seulement sa vie actuelle, mais encore les sombres perspectives de son avenir. Cependant, en dépit de la froide grisaille qui l'entourait, en dépit des rares passants dont le visage se renfrognait à la vue du ciel maussade et qui se montraient entre eux aussi avares de sourires et de saluts que s'il leur eut fallu garder précieusement leurs réserves de sociabilité jusqu'à la fin du temps de pénurie, la lente dégradation de la lumière du jour et jusqu'à la tristesse impersonnelle de cette arrière-saison lui paraissaient plus revigorantes que le monde clos de l'hôtel, avec ses relents de cuisine et ses bouffées de parfum, ses manigances et ses luttes d'influence, ses nostalgies interminables, ses échanges de regards réprobateurs et ses conventions tacites de mutuelle bienveillance et de faux optimisme. C'est parce qu'il y a trop de femmes ensemble, se dit Edith en repensant avec un accablement grandissant à ce qui s'était passé dans le salon de Mrs Pusey. Une stupide méprise de ce genre, s'il s'agit bien d'une méprise, peut devenir un véritable filon pour des femmes blessées dans leur amour-propre et, pour le reste d'entre nous, ce sera l'unique sujet de conversation jusqu'à ce que la mort ou la fermeture de l'hôtel nous sépare. Dieu sait qu'ici les sujets de conversation sont rares ! Mais tout ça a perturbé Mrs Pusey et, comme elle n'a pas l'habitude d'être perturbée, elle va devoir discourir là-dessus à perdre haleine. Il lui faudra prouver et se prouver à grand renfort d'arguments que sa faiblesse passagère était *la faute de quelqu'un d'autre*, de façon à exorciser l'ombre de sa propre mort. Elle n'est pas habituée à avoir peur. Elle a vécu si longtemps à l'abri du danger qu'elle n'arrive pas à croire qu'elle puisse être vulnérable. En fait, elle n'arrive pas à croire que quelqu'un puisse être vulnérable. C'est peut-être la raison de sa cruauté. Si elle a pu parvenir à son monstrueux état de béatitude actuel, c'est grâce à son ignorance pure et simple du monde réel. Néanmoins, dès qu'on perce ses défenses, on découvre qu'elle a une profonde connaissance des moyens à employer pour réparer les brèches. Pauvre Alain ! songea Edith en avançant à l'aveuglette, tête baissée. Mais pourquoi pauvre ? En ce moment même, il est sans doute en train de rire avec Maryvonne de toute cette histoire. L'incident est clos et oublié. Mais ça, ce n'est pas tout à fait normal non plus, se dit-elle encore, vaguement tourmentée.

Quand son agitation eut assez diminué pour permettre à sa faim de reprendre le dessus, elle entra chez Haffennegger et y découvrit Monica, déjà installée, qui engloutissait une énorme tranche de gâteau au chocolat sans tenir compte des protestations de Kiki et qui était si absorbée par cette occupation qu'elle prit à peine le temps de lever sa fourchette pour saluer Edith. Edith s'assit près de la porte, but deux tasses de café et mangea une brioche ; puis, sans grand enthousiasme, mais pour échapper à la solitude, elle alla retrouver Monica, dont le visage, embrumé par la fumée de sa cigarette, avait repris son masque de tristesse.

« Eh bien, lui dit Edith d'un ton faussement enjoué, quels sont vos projets pour la journée ? »

« Soyez gentille, Edith, rétorqua l'autre. Je ne me sens pas particulièrement en forme, ce matin, et je n'ai aucun projet. Je n'ai jamais de projets. Je pensais que c'était maintenant évident pour tout le monde. Et je croyais que vous étiez plus ou moins écrivain. Un écrivain n'est-il pas en principe un observateur avisé de la nature humaine ou de je ne sais trop quoi ? Si je vous le demande, c'est que, parfois, vous m'étonnez et vous me semblez avoir le cuir un peu épais. » Elle planta sa cigarette dans un cendrier et l'y laissa se consumer.

« Excusez-moi, répliqua Edith en éloignant le cendrier. Moi non plus, je ne me sens pas particulièrement en forme. Et je n'ai jamais prétendu être une bonne observatrice de la nature humaine. Pourquoi le serais-je ? Ce que je vois est apparemment si différent de ce que je m'attends à voir que je n'ai plus confiance en mon propre jugement. Ma déception est aussi grande que la vôtre, je vous l'assure bien... Et peut-être plus grande », conclut-elle tristement.

Moroses, elles restèrent un moment à méditer dans l'atmosphère enfumée de la salle. Les vitres en étaient une fois de plus couvertes de buée et, sur les portemanteaux, s'accumulaient des vêtements qui annonçaient l'automne. A entendre le murmure des conversations et le bruit des cuillères qu'on tapait contre les tasses ou les verres pour appeler la serveuse, on finissait par se rendre compte qu'une partie des consommateurs se sentaient là chez eux, que leur petite halte chez Haffenegger faisait partie de leur programme, de leur train-train quotidien et qu'ensuite ils rentreraient non pas à l'hôtel, mais dans une vraie maison confortable, où ils avaient leurs livres, leur poste de télévision, leur cuisine, où ils pourraient se reposer, se mettre à lire, à faire la cuisine, où ils iraient ouvrir la porte de la cour pour jeter des miettes aux oiseaux, où leurs enfants et petits-enfants viendraient les retrouver pour le prochain week-end. La gorge serrée, Edith songea à sa maison, fermée, abandonnée et déserte. Je dois rentrer chez moi, se dit-elle. Et puis non, pas encore, pas avant d'avoir chassé ma tristesse. J'attendrai d'être redevenue plus optimiste. Je m'en tirerai bien d'une façon ou d'une autre.

« Monica, demanda-t-elle soudain, ressentez-vous de l'affection pour votre mère ? »

« Oui, bien sûr, répondit l'autre, surprise. Bien qu'elle soit passablement siphonnée. J'aime autant ne pas la voir trop souvent. A part ça, bien sûr, je l'adore. Pourquoi ? »

« C'est que, de temps en temps, j'ai l'impression d'être une fille dénaturée. Ma mère est morte et je me rends compte pourtant que je pense à peine à elle. Et quand ça m'arrive, c'est avec une tristesse qu'elle ne m'a jamais inspirée de son vivant. Avec douleur. Alors, je me dis que c'est probablement ce genre de sentiment qu'elle avait à mon égard. Mais si elle me manque, c'est seulement dans la mesure où je regrette qu'elle n'ait pas vécu assez longtemps pour voir que je lui ressemble au moins sur un point, celui qui lui tenait au cœur : nous avons toutes deux préféré les hommes aux femmes. »

« N'en sommes-nous pas toutes là ? » demanda Monica en haussant exagérément les sourcils.

« J'ai dans l'idée — et c'est sans doute le stupide incident de ce matin qui me l'a rappelé — que certaines femmes serrent les rangs parce qu'elles détestent les hommes et qu'elles en ont peur. Oui, je sais bien que c'est une évidence. Mais ce que je voulais dire, en fait, c'est que j'ai une peur bleue des tentatives que peuvent faire ces femmes-là pour m'enrégimenter, faire de moi leur complice. Je ne parle pas des féministes. Celles-là, je comprends leur position, sans être toujours d'accord avec elles. Non, je veux parler des ultras de la féminité. De ces impénitentes mangeuses d'hommes qui sont persuadées que tout leur est dû : cadeaux, faveurs, privilèges. Et qu'elles ont tous les droits : celui, par exemple, de se conduire comme des idiotes et de ne s'intéresser qu'à leur petite personne. Je trouve ça déshonorant. Et terrifiant. Je me dis que les hommes sont peut-être des proies trop faciles. Et que les féministes auraient intérêt à réexaminer la question. »

Elle s'arrêta. Car ce qu'elle cherchait à dire et qui lui tenait terriblement au cœur n'avait pas beaucoup de sens. C'est uniquement ma faute, se dit-elle. Je suis si effacée qu'on ne fait même pas attention à ce que j'ai à dire. Ou bien peut-être que, plus simplement, je suis incapable de m'exprimer. Tant pis pour l'honneur ! L'honneur, c'est ce que David appellerait un coup de bluff. Et, à vrai dire, quand on le perd, personne n'a l'air de s'en apercevoir.

« Tout ça me dépasse, j'en ai bien peur, déclara Monica en mettant un terme à ses méditations. Moi, j'aurais cru que, de toute façon, vous n'aviez pas à vous en faire. Notre cher Mr Neville s'est pris d'une vraie toquade pour vous. »

« Quelle absurdité ! s'écria Edith. Ce n'est pas parce que nous sommes allés nous promener... »

« Mais il n'est allé se promener avec personne d'autre, n'est-ce pas ? Ecoutez, j'estime que si vous savez y faire, il est à vous. Et, si j'ai bien compris, il vaut son pesant d'or. Il est dans les affaires, évidemment. » Cette dernière remarque s'accompagna d'une bouffée de fumée délibérément méprisante. La façon dont Monica avait appris que Mr Neville valait son pesant d'or restait mystérieuse. Mais ce qui était clair, c'est que personne n'en avait encore informé Edith.

« Monica, dit Edith d'un ton las, vous vous méprenez sur mes intentions. Je ne cours pas après Mr Neville ni après son argent. Je gagne ma vie. Tous les gens adultes gagnent leur vie. L'idée même qu'une femme puisse faire une chose pareille me dégoûte. »

« Je ne vois pas ce qu'il y a de mal là-dedans, répliqua Monica sans conviction excessive. Les hommes en font autant », ajouta-t-elle après réflexion. Puis elles se turent l'une comme l'autre, déprimées, vaguement conscientes que toute discussion sur le sujet demeurerait inutile. Elles restèrent un moment à méditer tristement sur leur solitude. Finalement, Monica appela la serveuse pour lui commander des gâteaux. Pourquoi pas ? se dit Edith. Comme ça, nous n'aurons pas besoin de rentrer déjeuner. De toute façon, je n'ai plus très faim.

Elles mangèrent silencieusement, sans plaisir, avec cette espèce de gêne qu'éprouvent les femmes seules à manger en public. Edith fut vite écœurée par toutes ces sucreries ; dès qu'elle se sentit rassasiée, elle passa son assiette à Monica, qui prit les restes pour les donner à Kiki.

« A voir tout ce que vous lui donnez, fit remarquer Edith, je me demande pourquoi ce chien n'est pas monstrueusement gras. »

« Il vomit presque tout », dit Monica d'un ton pensif, comme si elle entrevoyait enfin une relation de cause à effet. Kiki, à travers son épaisse frange de poils, levait vers elle des yeux débordants de confiance. Mais qui suis-je donc, se demanda Edith, pour oser m'immiscer dans leurs relations ?

« De toute façon, il n'est vraiment pas mal, reprit Monica en allumant une de ses longues, longues cigarettes. Je parle de Neville. Et vous non plus, vous n'êtes pas mal, Edith, quand vous faites un petit effort. Mais votre façon de vous habiller est désastreuse, vous me permettrez de vous le dire. Et si vous ne me le permettez pas, tant pis. Néanmoins, c'est votre affaire. Il n'empêche que Mr Neville est, de toute évidence, un beau parti. »

« Je ne m'en suis pas rendu compte », avoua Edith avec sincérité.

Monica lui lança un coup d'œil. « Ma chère, dès que cet homme a mis le pied dans l'hôtel, j'ai vu que c'était l'affaire du siècle. »

« Monica, dit Edith ahurie, seriez-vous tombée amoureuse de Mr Neville ? »

« Ai-je parlé d'amour, moi ? » répliqua Monica, après un silence.

« Mais dans ce cas... »

« Oh, peu importe, Edith !... Non, c'est moi qui vous invite. Laissez la note. J'y tiens absolument. »

Edith se tourna vers la vitre embuée et l'essuya du bout des doigts. En voyant le brouillard s'épaissir, elle eut l'impression qu'elle allait s'y dissoudre. C'est l'occasion de montrer que tu as du cran, se dit-elle. Mais ce cran, sur lequel elle n'avait jamais fondé de grands espoirs, semblait s'être encore amenuisé très récemment, peut-être à la suite de ses ruminations nocturnes. Elle savait que, dans ces cas-là, travailler était pour elle le seul remède. C'est ce que je fais toujours, songea-t-elle avec irritation. Il n'y a pas de raison que ça ne marche pas cette fois encore. D'ailleurs, *Sous la lune visiteuse* est resté à la traîne et j'ai promis à Harold de l'avoir fini pour Noël. Depuis trois jours, je n'ai pas écrit une ligne. Rien d'étonnant à ce que je me sente déprimée. J'ai besoin de m'y remettre.

« Je crois que je vais rentrer, déclara-t-elle à Monica. J'ai des lettres à écrire. Et vous, qu'allez-vous faire ? »

« Par un temps pareil, le mieux, c'est encore d'aller chez le coiffeur et de lui demander le grand tralala : soins complets et tout le bazar. Accompagnez-moi donc jusque-là. Vous n'êtes pas pressée, n'est-ce pas ? »

Non, Edith n'était pas pressée. Quand la dame longiligne la prit par le bras, son contact la rassura et la réchauffa, et tandis que le chien se démenait devant elles au milieu des feuilles mortes, elles avancèrent à petits pas, sans rien dire, sous les arbres humides, conscientes d'avoir l'une pour l'autre une sympathie sincère, mais limitée, suffisante cependant pour les protéger momentanément des souvenirs trop douloureux et trop brutaux qui menaçaient de les assaillir.

Entre femmes, seule la tristesse se partage, songea Edith. Quant à l'allégresse, chacune préfère en faire parade. Les victoires remportées sur un sort contraire nécessitent toujours un public. L'esbroufe et les embarras que font parfois celles à qui les succès tournent la tête, tout ça n'est destiné qu'à impressionner les autres femmes. Dans ce domaine-là, il n'y a pas de solidarité.

De deux heures à trois heures de l'après-midi, au cours de ce temps mort où les gens sensés prennent leurs aises ou font une sieste, Edith et Monica se promenèrent le long du lac, sous les arbres immobiles. La journée leur semblait interminable, mais elles n'avaient ni l'une ni l'autre envie de la voir finir. Car chacune de son côté avait l'impression qu'il lui fallait profiter du présent, ce présent qui tenait encore en échec les lendemains sinistres. Elles sentaient que les graves problèmes auxquels elles étaient confrontées toutes les deux n'avaient été pour les autres, jusque-là, qu'objets de critique, de raillerie ou même de dérision, et que certaines des personnes qui avaient alimenté la chronique à leurs dépens commençaient à prendre une importance dangereuse et pouvaient manifester des exigences susceptibles de menacer, d'une façon détournée ou obscure, jusqu'à leur pauvre existence marginale. L'une comme l'autre, songea Edith, nous sommes venues ici uniquement pour tirer quelqu'un d'embarras, mais personne ne se soucie de nos espoirs et de nos souhaits. Cependant, ces espoirs et ces souhaits, nous devons les crier bien haut et bien fort si nous voulons qu'on y fasse attention, sans même parler de l'obligation qu'on aurait d'y répondre. Comme c'est curieux, tout de même, que des femmes parviennent à se faire gâter et cajoler continuellement... Je crois bien que je ne saurai jamais les règles du jeu, se dit-elle encore, ces règles que les mamans transmettent à leurs filles dès la petite enfance ! Moi, tout ce que j'ai réussi à savoir, je le dois à mon père. Réfléchis un peu, Edith. Tu viens de faire une erreur d'équation. C'est l'occasion de montrer que tu as du cran. Tristes préceptes que ceux d'une religion à laquelle on ne croit plus.

En soupirant, elles s'arrêtèrent et décidèrent de revenir sur leurs pas pour retrouver la ville et le salon de coiffure. Les rues étaient tristes et vides. La plupart des gens s'étaient prudemment retirés d'un décor aussi peu prometteur. Après avoir tourné le coin de la rue, elles passèrent devant une librairie et Edith, sans grande ardeur, s'attarda à regarder la vitrine, où *Le Soleil à Minuit*, en livre de poche, montrait le bout du nez. C'est le meilleur de mes livres, se dit-elle. Mais, brusquement, la perspective de devoir refaire la même chose pendant toute sa vie lui glaça le cœur.

« Edith, chuchota Monica, ne nous pressons pas. »

Assez surprise, Edith leva les yeux et aperçut un peu plus loin Mrs Pusey et Jennifer qui sortaient bras dessus bras dessous d'une boutique de gants et de mouchoirs. Une vendeuse, chargée de trois jolis sacs d'emballage, presque aussi élégants que leur contenu, sortit sur leurs talons et fut aussitôt expédiée par les deux clientes vers la voiture qui venait d'apparaître et avançait à la rencontre d'Edith et de Monica avec une lenteur solennelle. Mais le chauffeur s'arrêta en chemin, abandonna son volant et traversa la rue pour s'entretenir avec les Pusey. Puis il prit les paquets et retourna dans la voiture. Mrs Pusey, que ses emplettes semblaient avoir guérie et rassurée, souriait et secouait la tête avec vigueur, mais Monica et Edith étaient trop loin pour entendre ce qu'elle disait à sa fille. Instinctivement, elles revinrent se cacher à l'entrée de la librairie, dans l'espoir de passer inaperçues. Il ne leur fallut qu'une minute ou deux pour se rendre compte que les Pusey étaient mutuellement absorbées par l'une de ces discussions enthousiastes et ferventes qui excluaient automatiquement toute présence étrangère. Edith et Monica en prirent conscience en même temps et elles échangèrent un regard où il y avait, à parts égales, du soulagement et une sorte de résignation.

« Le problème, dit Monica, c'est que si nous voulons rentrer, nous allons être obligées de les rattraper, ou de les dépasser, ou bien de traîner derrière elles. »

« N'allions-nous pas chez le coiffeur ? » demanda Edith.

« Mais c'est le même chemin. Il va falloir que vous m'accompagniez jusque-là si vous tenez à rentrer à l'hôtel. »

« Je n'y tiens pas tellement », répliqua Edith, que la seule perspective de rentrer à l'hôtel mettait mal à l'aise.

« Dans ce cas, déclara Monica, nous ferions mieux de retourner prendre encore une tasse de café. »

Elle revinrent sur leurs pas dans la petite rue aux pavés gris. Mais déjà leur sympathie réciproque s'était fragmentée en une sorte de désaffection. Chacune de son côté déplorait d'avoir perdu sa journée. Je n'aurais pas dû sortir, pensait Edith, j'aurais dû passer ma journée à écrire. Ecrire est au moins pour moi une occupation lucrative. Déambuler sans but est stupide, ça ne rime à rien. Toutefois, ce n'est qu'une journée de perdue et, comme je n'ai pas de vraies obligations, je n'ai laissé tomber personne. Et je reconnais qu'en un sens c'est tout à fait agréable, se dit-elle enfin, le cœur lourd, en entrant encore une fois chez Haffennegger, où flottait une bonne odeur de café et de pâtisserie et où papotaient à qui mieux mieux les habituées de l'après-midi, de flegmatiques bourgeoises à l'air bien convenable.

« Ça vous donne le mal du pays de voir ça, n'est-ce pas ? » dit Monica, qui semblait mal supporter que cette austère assemblée de braves dames monopolisât l'attention des serveuses à son détriment. Son visage reflétait la déception qu'elle éprouvait à se voir supplantée et elle s'empressa d'installer Kiki sur une chaise restée libre, à seule fin d'empêcher quelqu'un de s'en emparer.

Désormais, elles se retrouvaient isolées par leur statut même d'étrangères, lequel n'avait plus d'intérêt pour les autres puisque la saison des vacances était finie : il était devenu anachronique et rendait inutile tout effort d'hospitalité puisque cela ne servait plus les intérêts de personne. Les priorités avaient changé, la petite ville s'apprêtait à entrer en hibernation. Personne n'y venait en hiver. Le climat était trop rude, les pistes de ski étaient trop lointaines et les divertissements trop rares pour tenter les touristes. Elles avaient l'impression que les gens du pays venaient de leur tourner le dos avec un soupir de soulagement et de leur rappeler ainsi qu'elles avaient une nature transitoire, une irréalité fondamentale. Quand Monica eut enfin réussi à réclamer du café, elles durent encore attendre tristement une dizaine de minutes avant que la serveuse, débordée, se souvînt de leur commande.

« Le mal du pays ? finit par répliquer Edith. Oui. » Mais elle songeait à sa petite maison comme si celle-ci n'avait existé que dans une autre vie, une autre dimension. Comme si c'était un endroit où elle ne retournerait peut-être jamais. Depuis la dernière fois qu'elle l'avait vue, l'automne avait succédé à l'été. Elle-même n'était plus celle qui, au petit matin, aimait se redresser dans son lit pour laisser le soleil lui réchauffer les épaules et que la lumière de l'aube rendait impatiente de commencer sa journée. Ce soleil-là, cette lumière-là avaient pâli et elle avait pâli comme eux. Elle était devenue aussi terne que l'était maintenant la saison. La tête baissée sur sa tasse, elle tenta de se persuader que c'était la vapeur du café brûlant qui lui picotait les yeux. Ça ne peut pas continuer, se dit-elle.

« Oh, Seigneur ! gémit Monica. C'est le bouquet. Nous avions bien besoin de ça. »

Edith releva la tête et suivit la direction du regard de

Monica : près de la porte se tenait Mrs Pusey, qui riait au bras de Mr Neville et attendait que Jennifer eût réussi à faire reconnaître ses droits à une table bien placée. Celle qu'elle avait choisie était occupée par un homme âgé, qui allait allumer une cigarette, mais qui y renonça, ramassa son porte-documents et son sac à provisions posés sur la chaise voisine et se dirigea vers la caisse pour payer son addition tout en essayant de remettre son chapeau et son manteau. Avant de sortir, il souleva son chapeau à l'adresse de Jennifer, qui rayonnait de satisfaction. Edith s'aperçut qu'à ce moment-là elle avait exactement la même expression que sa mère.

La tête rentrée dans les épaules, Monica et Edith attendirent sournoisement les sommations d'usage, mais celles-ci ne vinrent pas. Au bout de quelques minutes, elles finirent par lever le nez pour voir ce qui se passait avec les Pusey et Mr Neville. On riait là-bas à gorge déployée, en tout cas du côté de Mrs Pusey. Jennifer contait une anecdote et Mr Neville, l'air penché et complaisant, l'écoutait avec une attention solennelle. Edith remarqua qu'il ne disait rien. Seule, Mrs Pusey accompagnait le récitatif.

« Eh bien, dit Monica, je crois que nous pourrions en profiter pour partir. »

Elle semblait pensive. Edith soupira et demanda l'addition. Elles attendirent la serveuse en silence, puis elles se levèrent avec précaution et se dirigèrent vers la porte.

« Comment ! s'exclama Mrs Pusey au moment où elles passaient furtivement à proximité de sa table. Mais ce sont nos amies ! » Gênées, elles s'immobilisèrent avec un sourire, que Jennifer et Mr Neville leur retournèrent aimablement. « Dites-moi, vous deux, reprit Mrs Pusey, qu'avez-vous donc fait de votre journée ? »

« Nous nous sommes reposées, dit Edith d'une voix hésitante. Vous allez mieux, Mrs Pusey ? » Elle nota que Mrs Pusey, toujours éblouissante vue de loin, semblait, de près, partiellement atteinte de décomposition. Ses pommettes étaient plus roses et ses paupières plus bleues ; sa bouche semblait légèrement plus tremblante et plus maculée de rouge que d'habitude. Cependant, sa détermination restait la même, cette volonté indomptable, ce refus de lâcher prise, de lâcher pied, de lâcher la rampe, de renoncer, d'abdiquer. Admirable Mrs Pusey ! songea Edith. Protégée par l'éblouissant éclat de l'image qu'elle donne d'elle-même. Elle nous enterrera tous. Edith répéta pourtant sa question : « Vous allez mieux ? »

Mrs Pusey baissa les yeux, puis les releva aussitôt. « Mais oui, très chère, merci. Grâce à ces deux anges, je suis redevenue moi-même. Tout de même, quand je pense que... »

« Il faut que je m'en aille, dit Monica. Un rendez-vous chez le coiffeur. Vous venez, Edith ? » Devant les regards interrogateurs de Mr Neville et des Pusey, Edith mima la précipitation, le regret, les adieux, et alla rejoindre Monica qui sortait.

Elle revint à l'hôtel sans trop s'en rendre compte, bien que la brume qui montait subrepticement du lac lui donnât encore des frissons. Elle se réfugia dans sa chambre et fit couler un bain si chaud que la salle de bains se remplit de buée. Elle se brossa les cheveux avec acharnement et les laissa flotter sur ses épaules. Après avoir examiné dans la glace son visage écarlate, elle alla retirer de la penderie la robe de soie bleue que Monica lui avait fait acheter et qu'elle n'avait jamais portée. Puis elle s'enferma dans la salle de bains avec une bouteille de parfum dont elle déversa tout le contenu dans l'eau de la baignoire. Ce geste extravagant, la chaleur du bain et le brusque besoin qu'elle avait de se révolter lui firent le plus grand bien. Ce fut une tout autre femme qui revint s'asseoir devant sa table et ôta le capuchon de son stylo pour écrire une lettre.

« David, mon bien-aimé ... »

Mais, aussitôt, elle jugea imprudent de commencer sa lettre avant l'heure du dîner : elle savait qu'une fois lancée, elle aurait du mal à s'arrêter à temps.

Alors, elle se mit à faire les cent pas dans sa chambre, préférant le silence aux propos aimables qu'elle entendrait en bas. Finalement, elle poussa un soupir et, après avoir pris son sac à main et sa clé, se résigna à descendre.

Au salon, Mrs Pusey, dans sa robe de mousseline noire, se trouvait, bien entendu, en compagnie de Jennifer, toujours fraîche et rose. Le pianiste, qui examinait ses partitions, jeta un coup d'œil interrogateur à Mrs Pusey, qui eut un geste impatient, comme pour le prévenir qu'il ne devait pas compter sur son attention ce soir-là. Découragé, il reprit ses habituels morceaux, mais il jouait sans entrain. Mme de Bonneuil entra en clopinant, s'arrêta en chemin, puis s'approcha de Mrs Pusey. « *Alors* , lui demanda-t-elle de sa voix rauque et retentissante de sourde, *ça va mieux, la santé* ?* » Mrs Pusey eut un sourire très las et agita un mouchoir immaculé sans daigner répondre. Mme de Bonneuil parut déconcertée, mais cela ne dura qu'un instant, car elle avait l'habitude d'être rabrouée. Elle se détourna en haussant les épaules. « *Toujours pomponnée** », ajouta-t-elle en croyant ne s'adresser qu'à elle-même et non pas parler à la cantonade. Mr Neville, qui avait croisé ses élégantes chevilles, restait dans son coin, sans piper, à l'abri de son journal. Edith, la tête haute, fit quelques pas dans sa direction.

« Eh bien, Edith, lui cria Mrs Pusey avec son enjouement habituel, qu'avez-vous donc fait à vos cheveux ? Venez près de nous, ma chère, pour qu'on puisse vous regarder convenablement. »

Edith retourna discrètement à sa place ordinaire sous l'œil attentif de Mrs Pusey qui, un doigt au menton, semblait méditative.

« Oh, ça vous change, bien entendu ! finit-elle par déclarer. Mais je crois que je vous préférais coiffée autrement. Jennifer ! Qu'en penses-tu, ma chérie ? »

Jennifer, qui examinait ses ongles, leva les yeux et eut un petit sourire indécis. « Très joli, dit-elle. Pas mal du tout. »

« Oui, mais je crois que je la préférais coiffée autrement », conclut Mrs Pusey. Et, prenant un air penché, elle continua de méditer sur la question jusqu'à l'heure du dîner.

XI

Edith, que le froid faisait trembler un peu, avança d'un pas hésitant et prit la main tendue de Mr Neville. L'embarcadère était désert, car il y avait trop peu de visibilité pour que les rares vacanciers demeurés sur place eussent envie de passer la journée sur le lac. Il s'agissait de la dernière excursion de la saison et c'était ce qu'avait fait remarquer Mr Neville pour inciter Edith à y participer. Il semblait avoir un faible pour les expériences aussi inconfortables qu'insolites et n'en attendre rien d'autre que le charme de la nouveauté et l'ironie de la situation. Pour cette petite excursion, il était encore une fois d'une folle élégance. A l'abri de la cabine vitrée, deux Américaines en pantalon et en imperméable de plastique admirèrent longuement son complet de tweed vert chiné et son petit chapeau de chasse. Il n'y avait personne sur le pont et Edith eut l'impression que le bateau était à peu près vide quand il s'éloigna de la rive et glissa sans bruit dans le brouillard gris qui enveloppait le lac et cachait l'horizon.

Mr Neville prit une pose avantageuse, les mains appuyées à la rambarde. Edith, qui tressaillait au rythme de la machine, tourna le dos à ce spectacle de désolation et s'efforça de restreindre sa vision au bâtiment qui voguait sous ses pieds, mais le sentiment d'être coupée non seulement de la terre ferme, mais encore de tout environnement reconnaissable la mettait mal à l'aise. Elle avait cédé par pure faiblesse, sans même chercher d'échappatoire, et elle en était affreusement consciente.

J'aurais dû rester dans ma chambre, se répétait-elle. Mais, à la perspective de passer ma journée à écrire, j'ai cru défaillir. Il y a si peu de distractions dans un endroit pareil qu'on finit même par avoir peur de s'ennuyer tout seul. Il est faux de dire que Satan trouve toujours à occuper les mains inactives ; il n'en fait rien, bien au contraire. Satan devrait mettre à la disposition des gens toutes espèces de distractions époustouflantes, leur promettre la lune, les encourager à se conduire de façon indigne. Mais il se contente d'offrir le choix entre le surmenage et une oisiveté un peu gênante. En fait, c'est à peine un choix. On ne peut même plus compter sur Satan pour remplir ses obligations.

« Qu'avez-vous donc ? » demanda Mr Neville en lui prenant le bras.

« Oh rien ! répliqua Edith. Je me disais seulement que les vices se font de plus en plus rares. On nous laisse croire que nous n'avons que l'embarras du choix, mais le fait est qu'il n'y a pas l'air d'avoir grand-chose à choisir. »

« Venez faire le tour du pont, dit Mr Neville. Vous tremblez de froid. Ce cardigan n'est pas assez chaud. J'aimerais bien que vous vous en débarrassiez. Tous ceux qui ont pu vous dire que vous ressembliez à Virginia Woolf vous ont rendu un bien mauvais service. Mais je parie que vous avez pris ça pour un compliment. Pour en revenir aux vices, on en trouve autant qu'on en veut quand on sait où chercher. »

« Moi, apparemment, je n'en trouve nulle part. »

« C'est que votre quête manque de conviction. Mais, rappelez-vous, nous allons changer tout ça. »

« Je ne vois pas du tout comment. S'il ne s'agit que de me défaire de ce cardigan, je crois devoir vous avertir que j'en ai un autre à la maison. Bien sûr, je pourrais aussi me débarrasser de celui-là. Mais il me semble que je suis trop veule pour parvenir à m'embellir vraiment.

Je n'ai pas la moindre séduction. Je ne sais pas pourquoi. »

« Oui, dit-il. Ça se voit. »

Il saisit la main qu'elle lui avait glissée sous le bras et la maintint fermement. « Faisons encore un tour, reprit-il en l'entraînant. Vous avez déjà meilleure mine. Le grand air ne peut vous faire que du bien. Les femmes au teint clair devraient sortir le plus souvent possible. Elles ne peuvent se permettre de s'étioler chez elles ; elles finiraient par être sans visage. Allons, Edith, du courage ! Dès que vous serez un peu réchauffée, vous serez moins tendue et la vie vous paraîtra agréable. C'est déjà mieux. Mais inutile de prendre cet air sinistre. Rappelez-vous que nous sommes sur un bateau de plaisance. »

Edith était perdue dans la contemplation de l'immensité grise du lac. Le vapeur avançait lentement, silencieusement ; dès que ses oreilles se furent habituées à l'infime vibration de la machine, elle perçut d'autres sons : le petit bruit de succion que faisaient les vagues sur le flanc du bateau, tout en bas ; les grincements d'ailes d'une sorte de mouette qui volait presque au ras du pont ; le battement léger de sa jupe d'été contre ses jambes. Pourtant, il n'y avait pas le moindre vent et le bateau progressait sans secousses, sans même avoir l'air d'avancer. Quelque part, très loin, voilé par les rideaux de brume, un soleil pâle laissait son reflet miroitant à la surface de l'eau. Ils avaient prévu de débarquer à Ouchy pour déjeuner et de rentrer dans l'après-midi. Mais l'expédition manquait par trop de gaieté pour qu'Edith pût la considérer comme un simple divertissement. La vacuité du lac, le vacillement de la lumière et la lenteur irréelle de cette traversée lui semblaient avoir un sens allégorique. Elle savait que, pour les peintres, les bateaux étaient souvent des symboles de l'âme et, parfois, de l'âme en partance pour de mystérieux rivages. Ceux de la mort, en fait. Ou, si ce n'était de la mort, d'une terre hostile. Nef des fous, vaisseau négrier, scène de naufrage, navire dans la tempête : toute représentation de ce genre, même maladroite, table sur la peur qui sommeille en chaque être, fût-il le plus fort, car elle a pour fonction de réveiller l'angoisse. Une fois de plus, Edith eut l'impression d'être en danger, d'aller à la dérive, de se trouver sans refuge.

Elle regrettait finalement d'avoir accepté de sortir avec cet homme. Mais, sur le coup, après sa journée perdue avec Monica, l'invitation l'avait séduite. En outre, le dandysme de Mr Neville cachait une force de caractère peu ordinaire et elle s'était estimée pratiquement incapable de le faire renoncer à son projet. Cette excursion banale et inopportune manquait tellement d'attraits qu'Edith y voyait une preuve de sa perversité. Elle avait cru d'abord qu'il l'invitait à faire une autre longue marche, une promenade où l'on pouvait méditer à loisir, même quand il l'agrémentait de ces conseils anarchisants auxquels Edith finissait par attacher un certain prix. Mais non, il l'avait forcée à venir sur cet affreux bateau presque vide, sur cette nef sans pilote, d'où tout espoir de sauvetage était exclu. Elle s'imagina qu'ils dérivaient, que leur errance sans but était en passe d'acquérir une sorte de statut mythologique et qu'ils s'enfonçaient dans un brouillard toujours plus dense, tandis que, sur la rive, les vrais humains continuaient à vivre dans la réalité sans se soucier de ce vaisseau fantôme qui lui semblait, à elle, sur le point de passer dans l'au-delà. C'était pour cela qu'elle s'accrochait si fort au bras de Mr Neville. Car, tout mythologique que fût le curieux personnage, il s'arrangeait pour représenter encore une réalité bien tangible.

Mais, progressivement, peut-être du fait que Mr Neville avait l'obligeance de rester silencieux, l'humeur d'Edith finit par s'accorder au calme funèbre de l'environnement. Quand le débarcadère d'Ouchy se dessina dans le brouillard, elle poussa un soupir et put enfin desserrer la main pour lâcher la superbe manche vert chiné de son compagnon.

« Eh bien, lui dit-il en entrant dans l'un des restaurants de la rive, qui était bordé d'hortensias en pots, ça ne s'est pas trop mal passé, n'est-ce pas ? »

« Ma foi, je suis bien soulagée de me retrouver au milieu de tant de serveurs, de bouteilles et de milliardaires, avoua Edith. Du moins, je suppose que ce sont des milliardaires. »

« C'est évidemment ce qu'ils voudraient vous faire croire. Tout le tapage qu'ils font, ce doit être le bruit caractéristique des gens qui roulent sur l'or. »

Il l'installa à l'abri d'un store rayé, s'empara du menu qu'un serveur attentif s'était empressé de déposer devant lui et déclara : « Si j'étais vous, je prendrais du canard. »

Edith ne releva pas la remarque. « Je crois que j'ai un peu perdu le nord pendant la traversée, dit-elle. J'avais l'impression qu'il s'agissait d'un voyage sans retour. »

« Qu'auriez-vous donc de si intéressant à retrouver ? demanda Mr Neville. Oh, excusez-moi ! Je crains d'avoir dit une impertinence. Je vous en prie, pardonnez-moi. Vous manquez peut-être de séduction, Edith, mais vous avez le chic pour faire perdre ses moyens à un homme. »

Edith eut un sourire de sainte nitouche. « Dois-je prendre ça pour un compliment ? ».

Mr Neville lui lança un regard glacial. « Ce genre de remarque est indigne de vous. Je vous trouve déconcertante, un point, c'est tout. Vous n'avez pas à minauder, à jouer les ingénues, à demander : Dois-je prendre ça pour un compliment ? J'espère bien que vous ne serez jamais le genre de femme à se pencher par-dessus la table pour dire, la main sous le menton : "A quoi pensez-vous ?"

« Très bien, très bien, répliqua Edith avec un brusque enjouement. Je ne suis pas venue passer des tests, figurez-vous. En principe, je suis là pour m'amuser. »

« Vous vous apercevrez que l'un n'empêche pas

l'autre », dit Mr Neville, les lèvres à nouveau retroussées par un sourire ambigu. Il commanda, cependant, un déjeuner délicieux et, quand on leur apporta le canard, il fut heureux de voir le visage d'Edith s'épanouir et reprendre de l'éclat. Lorsqu'il eut expédié sa volaille grâce à quelques incisions habilement ménagées, il se recula sur son siège et alluma un cigare. Un soleil timide sortit alors des nuages. Edith, apaisée, releva le visage avec insouciance, heureuse de ne rien faire.

« Puisqu'il était question de retour, dit Mr Neville, j'aimerais connaître vos projets. Je ne parle pas de votre retour à l'hôtel, qui est inévitable, mais de votre retour à la vie quotidienne... Si je vous le demande, ajouta-t-il, c'est que, moi, je dois partir ce week-end. »

Le sourire d'Edith s'estompa. Elle devait, en effet, songer à partir ou, plutôt, à rentrer chez elle, mais elle ne se sentait pas d'humeur à examiner la question et à prendre une décision importante. L'étrange interlude que constituait ce séjour, tout gênant qu'il pût être, l'avait momentanément libérée de l'obligation de penser à ce que lui réservait l'avenir. Et le fait de se trouver là bien au calme, sur la terrasse dallée de cet excellent restaurant, en compagnie d'un homme dont la personnalité et la finesse d'esprit sortaient de l'ordinaire, lui avait justement permis de remettre à plus tard toute espèce de réflexion sérieuse.

Appuyé au dossier de sa chaise, Mr Neville l'observait. « Voyons un peu, reprit-il doucement. Voyons un peu si je suis capable d'imaginer à quoi ressemble votre vie. Vous habitez Londres. Vous avez largement de quoi vivre. Vous allez à de petites soirées, à des dîners en ville, à des cocktails littéraires et vous n'aimez pas particulièrement ça. Les gens sont contents de vous voir, mais vous manquez de cavaliers servants. Vous rentrez seule chez vous. Vous êtes très méticuleuse dans votre intérieur. Vous avez eu des amants, mais moitié moins que toutes vos amies. Celles-ci, bien entendu, croient que vous n'en avez jamais eu et s'inquiètent bien haut de votre sort. Vous en êtes consciente. Et, pourtant, vous avez une vie secrète. De toute évidence, vous êtes, hélas, incorruptible, mais vous n'êtes pas ce que vous semblez être. »

Edith se garda de réagir.

Mr Neville déposa avec précaution la cendre de son cigare dans le cendrier.

« Bien entendu, vous direz que ça ne me regarde pas. Et moi, je vous dirai simplement que je ne me sens pas concerné. Pas plus que vous ne devrez l'être par ce que je fais de mon côté. Quelles que soient les dispositions que nous pourrons prendre, nous devons laisser scrupuleusement dans l'ombre ce genre de considérations. »

« Les dispositions ? » répéta Edith.

Mr Neville se redressa et mit les mains sur la table. Il parut brusquement à Edith un peu plus jeune, un peu moins réservé que d'habitude. Jusque-là, il n'avait été pour elle qu'un homme dans la cinquantaine, riche, blasé, prudent, oisif, séduisant par sa froideur même, le genre d'homme à attacher beaucoup d'importance à son train de vie, à tourner son appétence vers quelque toquade anodine comme une collection de gravures à la pointe sèche ou la reconstitution de son arbre généalogique. Le genre d'homme, aussi, à posséder inévitablement une belle bibliothèque, mais qu'on avait peine à imaginer dans toute autre pièce de la maison.

« Je pense que vous devriez m'épouser, Edith », déclara-t-il.

Ecarquillant des yeux incrédules, elle le regarda avec stupéfaction.

« Permettez-moi de m'expliquer, reprit-il hâtivement en retrouvant son sang-froid. Je ne suis pas un gamin romanesque. Je suis, au contraire, quelqu'un de circonspect. J'ai quelques terres et une très belle maison. Un véritable chef-d'œuvre d'architecture romantique.

J'ai aussi une collection assez estimable de porcelaines de la *"famille rose"**. Je suis sûr que vous adorez les belles choses. »

« Vous vous trompez, dit-elle sèchement. Je n'adore pas du tout les *choses.* »

« Je possède de gros intérêts à l'étranger, poursuivit-il en négligeant son interruption. Et j'aime recevoir. Je m'absente une bonne partie du temps. Mais je déteste rentrer dans une maison où ne vit à longueur d'année qu'un couple de domestiques. Ce cadre-là vous irait à merveille. »

Il s'établit entre eux un terrible silence. Edith concentra son attention sur la feuille de l'addition qui était à demi coincée sous un cendrier et que le vent agitait. Quand elle rouvrit la bouche, sa voix était mal assurée.

« A vous entendre, dit-elle, on croirait que vous stipulez les avantages d'un contrat de travail. Mais je ne suis pas demandeuse d'emploi. »

« Quelle autre perspective avez-vous donc, Edith ? Tenez-vous, à rentrer dans une maison vide, vous aussi ? »

Elle fit signe que non, à court d'arguments.

« Voyez-vous, reprit-il, je ne peux pas me permettre un autre scandale. L'aventure de ma femme a fait de moi un objet de risée. J'ai cru me tirer d'affaire à force de dignité, mais la dignité ne sert à rien. Bien au contraire. Les gens ont l'air de tenir à ce qu'on s'effondre. Enfin, maintenant, tout ça, c'est du passé. J'ai besoin d'une épouse et, surtout, d'une épouse à qui faire confiance. La chose n'a pas été facile pour moi. »

« Et, à votre tour, vous ne me la rendez pas facile », dit-elle.

« J'essaie justement de vous la rendre facile. Je vous

---

* « Famille rose » : porcelaine chinoise du XVIIIe siècle, caractérisée par l'emploi d'une couleur rose rubis. (N.d.T.)

ai observée quand vous tentiez de bavarder avec ces bonnes femmes. Vous êtes une solitaire. Si je vous ai vivement encouragée au narcissisme, c'est qu'il vous sera indispensable pour apprendre à vivre. Sans ça, vous comprendrez trop tard et vous deviendrez une femme aigrie. Chaque fois que vous prenez conscience de votre solitude, votre visage exprime la désolation. Vous êtes confrontée à une vie d'exil, quelle qu'elle puisse être. »

« Mais pourquoi me prenez-vous pour un cas désespéré ? »

« Vous êtes une femme de qualité, Edith. Et ce n'est plus tellement la mode de nos jours, comme vous avez pu le constater. Si vous m'épousez, vous serez à la hauteur. Si vous restez célibataire, vous risquez assez vite, à mon avis, de passer pour une cinglée. »

Elle le dévisagea tristement. « Et que ferai-je donc dans votre belle maison quand vous serez absent ? » lui demanda-t-elle. Et quand vous serez là, ajouta-t-elle mentalement sans oser l'exprimer à voix haute.

« Tout ce que vous accomplissez actuellement, mais en beaucoup mieux. Vous écrirez, si vous y tenez. En fait, vous serez peut-être capable de mieux écrire que vous ne l'avez jamais espéré. Edith Neville, voilà un beau nom d'auteur. Vous aurez enfin la position sociale dont vous avez besoin. Vous prendrez de l'assurance, vous deviendrez une femme du monde. Et vous aurez la satisfaction de me faire honneur. Vous n'êtes pas le genre de femme dont les hommes doivent se garder, une de ces hystériques qui se croient constamment objet de désir ou de scandale, qui se vantent de leurs conquêtes et de leurs succès et qui estiment pouvoir faire n'importe quoi, du moment qu'elles savent recevoir et respectent un minimum de conventions vis-à-vis de leur mari. »

« Les femmes aussi doivent se garder de ce genre de femme », murmura Edith.

« Mais non, dit-il. Car la plupart d'entre elles appartiennent justement à ce genre-là. »

Elle leva les yeux vers lui : « Moi, j'ai toujours cru que les hommes préféraient ce genre-là. Qu'ils méprisaient cette paix conjugale que vous me prescrivez. »

« C'est exact, en un sens, répliqua-t-il. Les hommes apprécient ce genre de femmes. Ils se sentent frustrés quand une femme ne leur donne pas de fil à retordre, ils aiment les risques que comporte cette sorte de dépendance. Ils tiennent à s'affronter aux autres hommes pour obtenir l'objet de leur désir. Finalement, il n'y a rien d'autre à en dire. Il ne s'agit que d'avoir le dessus sur les adversaires. Mais quand lesdits adversaires se rebiffent et remontent à l'assaut, on se rend compte à quel point ces relations-là sont fragiles et épuisantes. Car on n'en finit jamais. »

« Vous me faites vraiment trop d'honneur en supposant que personne d'autre, jamais, ne voudra de moi ! »

« Je vous fais l'honneur de supposer que vous connaissez la différence entre passade et fidélité. L'honneur de supposer que vous ne vous permettrez jamais une de ces imprudences lamentables qui jettent le discrédit sur un mari. L'honneur de croire que vous ne me ferez pas honte, que vous ne me ridiculiserez pas, *que vous ne me blesserez pas dans mes sentiments*. Savez-vous à quel point c'est pénible pour un homme d'admettre qu'une femme le fait souffrir ? Moi, je ne peux absolument pas me permettre de recommencer l'expérience. »

« Mais, l'autre jour, vous prêchiez l'égoïsme ou, plutôt, l'égocentrisme. Le partenaire peut-il y trouver son compte ? »

« Bien plus facilement que vous ne le pensez. Je ne vous demande pas de renoncer à tout par amour, mais de reconnaître où se trouve votre véritable intérêt personnel. Ce que je suis en train de vous dire et que vous avez peut-être déjà soupçonné, c'est que l'effacement et le mérite ne sont pas des atouts dans la vie. Ce que je vous propose, c'est une association au plus haut niveau. Fondée sur l'estime mutuelle, si vous préférez. Et tout à fait passée de mode, entre parenthèses. Si vous désirez prendre un amant, ce sera votre problème aussi longtemps que vous saurez vous conduire d'une manière civilisée. »

« Et si vous... »

« Ce qui est valable pour l'un l'est pour l'autre, évidemment. Pour moi, désormais, il ne pourrait s'agir que de distractions sans importance. Dont vous ne sauriez rien ou dont vous n'auriez pas à vous préoccuper. Notre union serait établie sur l'intérêt partagé et la confiance en l'autre. Sur la camaraderie. A mes yeux, c'est ce qui compte le plus, maintenant. Et ce qui pourrait aussi compter pour vous. Réfléchissez-y, Edith. N'avez-vous pas, à un moment ou à un autre de votre petite vie convenable, désiré vous révolter ? N'en avez-vous pas assez de vous montrer courtoise envers des gens grossiers ? »

Edith acquiesça.

« Vous aurez toute possibilité de recevoir vos amis, bien entendu. Et vous vous apercevrez qu'ils ne vous traitent plus du tout de la même façon. Ça nous ramène à ce que je disais tout à l'heure. Vous découvrirez que vous pouvez vous conduire aussi mal qu'il vous plaira. Et aussi mal que les autres pourront le souhaiter. Le monde est ainsi fait et il vous en saura gré. Vous mettrez enfin les gens à l'aise. La solitude vous pèse, Edith. »

Après un long silence, elle releva les yeux. « Il commence à faire froid, dit-elle. Rentrons, voulez-vous ? »

Cette fois, le vapeur avait pris à son bord un groupe d'écoliers : la tête des plus petits ne dépassait pas la rambarde. Ils étaient relativement sages et silencieux. Dès que le bateau se fut éloigné de la rive, le maître d'école leur ordonna de se rassembler dans le grand promenoir tout en vitres, parce qu'il voulait leur faire une manière de cours. Obéissants, ils quittèrent le pont comme des hirondelles, abandonnant Edith et Mr Neville à leur solitude.

L'atmosphère s'était refroidie et l'après-midi tirait à sa fin. Un petit vent s'était levé, avant-coureur de vents plus âpres, annonciateur d'un temps d'hiver. Edith eut alors la vision de sa maison : fermée, tous feux éteints, envahie par la poussière, avec le courrier non ouvert qui s'accumulait sur le paillasson, des vitres sales, un intérieur abandonné qui sentait le renfermé et les vieux relents de graisse collés aux rideaux. Et elle se vit, elle aussi, oubliée de tous. Le téléphone resterait muet. Son nom serait barré de la liste des invités aux cocktails littéraires par de jeunes secrétaires excédées de ne jamais recevoir de réponse. Son agent, le brave Harold, déciderait avec un hochement de tête de la laisser tomber. Et de David, aurait-elle des nouvelles ? Si elle rentrait, supporterait-elle de découvrir ses véritables sentiments pour elle, de savoir s'il avait ou non souhaité son retour ? Et si jamais il n'était pas là, où pourrait-elle bien le retrouver ? Il avait pu lui arriver n'importe quoi en son absence ; peut-être était-il en vacances, ou malade, ou mort. Ou encore parfaitement heureux sans elle. Comme le vent s'en prenait à ses cheveux et les tiraillait, elle retira d'un geste brusque les épingles qui les retenaient et les laissa retomber sur sa figure. Est-ce possible, se demanda-t-elle, que je ne sois qu'une femme passive et fidèle, incapable de retenir l'intérêt de celui que j'aime ? Mon amour n'a-t-il été pour lui qu'une sorte de discret intermède, une aventure sans danger avec une femme qui ne faisait jamais d'histoires et qui pouvait lui sembler reposante, comparée à son épouse compliquée, capricieuse et provocante ? N'ai-je été dans sa vie qu'un épisode émouvant ou m'a-t-il cru plus blasée que je ne l'étais ? S'est-il imaginé que, de mon côté, je me comportais à sa manière, avec autant d'égoïsme que lui ?

« Edith, dit Mr Neville, ne pleurez pas, je vous en prie. Je ne supporte pas les larmes des femmes. Ça me donne envie de les battre. Je vous en prie, Edith. Tenez, prenez mon mouchoir. Edith, laissez-moi essuyer vos yeux ! Vos yeux sont d'un gris presque argenté. Le saviez-vous ? Voyons, Edith ! »

Pour la première fois, elle se laissa aller contre lui et pleura jusqu'à l'épuisement. Les yeux fermés, elle resta un moment la tête sur son épaule, fermement soutenue par son bras.

« Comme vous êtes menue ! lui dit-il. J'ai peur de vous casser en deux. Mais ça, on aura le temps de s'en inquiéter plus tard. »

Elle se redressa enfin et posa les mains sur la rambarde. C'était la tombée du jour ou, plutôt, le moment où le ciel crépusculaire allait en s'assombrissant imperceptiblement. Sur l'autre rive, elle distingua peu à peu des lumières, des lumières qui lui semblèrent accueillantes : celles de l'Hôtel du Lac.

Ils demeuraient appuyés à la rambarde, sans parler. A l'approche du débarcadère, il se tourna vers elle, mais elle leva la main pour l'inviter à rester silencieux. Le genre de réflexions qu'il pouvait avoir à lui faire ne devait pas risquer de contaminer l'esprit des petits écoliers, que leur maître venait de ramener avec autorité sur le pont. Ceux-ci se regroupèrent précipitamment en tapant des talons sur le plancher tandis qu'Edith et Mr Neville, le visage tourné vers la rive, debout à la rambarde, gardaient le silence.

« Alors, finit-elle par dire, je vais aller habiter dans votre maison, ce chef-d'œuvre d'architecture romantique — au milieu de vos porcelaines de la "*famille rose*". Je vais, comme sur un coup de baguette magique, prendre mon essor et m'évader de ma condition. Je vais devenir une femme raffinée, détendue, mondaine et avisée. Je vais vous apporter cette paix conjugale seule susceptible de vous garantir que vous ne serez plus blessé dans vos sentiments. »

« Ni vous dans les vôtres, dit-il. Ni vous dans les vôtres. »

« Je ne vous aime pas. Est-ce un problème pour vous ? »

« Non. Au contraire, ça me rassure. Votre amour serait un fardeau pour moi. Nous pouvons très bien vivre sans illusions romanesques. »

Edith se retourna vers lui. Elle avait les cheveux qui tourbillonnaient autour de la tête, le regard plein de gravité et la bouche amère.

« Et vous, vous ne m'aimez pas ? »

Il sourit, mais cette fois avec tristesse et sans ambiguïté.

« Non, je ne vous aime pas. Mais vous m'avez pris au dépourvu. Vous m'avez ému, vous m'avez touché, et Dieu sait que je n'y tenais pas. C'est un peu comme un nerf que j'avais cru enfin insensible et que j'ai le déplaisir de découvrir à nouveau sensible. Je mettrai tout en œuvre pour l'endormir définitivement au plus vite. Après tout, il ne saurait être question pour moi d'abandonner mon égocentrisme... Bon, il faut débarquer, Edith. Donnez-moi votre main. »

Main dans la main, ils traversèrent silencieusement le vieux plancher du débarcadère et prirent le sentier de gravier. Le brouillard, revenu avec la nuit tombante, estompait la lumière des réverbères et étouffait les bruits familiers. Il n'y avait déjà presque plus de voitures en circulation et un flux d'air glacé venait, derrière eux, du lac désert.

« Il va falloir me laisser le temps de la réflexion », déclara-t-elle soudain.

« J'espère que ce ne sera pas trop long. Il n'est pas dans mes intentions de renouveler indéfiniment ma proposition. Et vous allez avoir à boucler vos valises si nous devons partir pendant le week-end. »

Elle lui jeta un coup d'œil, étonnée de l'enjouement inhabituel de sa voix. Elle eut l'impression qu'il avait déjà fait à son amour-propre toutes les réparations qu'il jugeait nécessaires et elle fut un peu réconfortée par la rapidité de sa réaction.

« Puis-je vous poser encore une question ? » demanda-t-elle.

« Bien entendu. »

« Pourquoi moi ? »

Cette fois, il retrouva son sourire ambigu, ironique et courtois.

« Peut-être parce que vous n'êtes pas une proie facile », répliqua-t-il.

XII

Après avoir pris son bain, changé de vêtements et solidement rattaché ses cheveux avec des épingles, Edith attendit dans sa chambre l'heure de descendre à la salle à manger.

Elle avait le sentiment de ne plus avoir besoin de cette chambre, à moins que ce ne fût la chambre qui n'eût plus besoin d'elle. En tout cas, elles étaient d'accord pour se quitter. Mais, comme il est dans la nature des adieux de provoquer des regrets, elle comprit que cette chambre où elle s'était sentie si seule ne manquerait pas d'éveiller automatiquement en elle le souvenir d'un endroit chaleureux. Il se pouvait même que ce décor fané, silencieux et digne parvînt à symboliser à ses yeux le tout dernier avatar de sa propre dignité, avant que celle-ci n'eût succombé aux assauts de la panique, du besoin de bravade ou simplement du froid bon sens.

Pour le moment, c'était la conscience même de son froid bon sens qui provoquait chez elle une sorte de trémulation sénile. Tout d'un coup, elle se leva pour s'approcher de la fenêtre ; elle écarta le rideau et ne vit rien que la nuit noire ; aucun bruit ne venait du dehors, si ce n'était, à l'occasion, un crissement de pneus. Car le temps avait brusquement changé. Le brouillard se transformait peu à peu en crachin lugubre : une humidité gluante semblait prête à s'installer à demeure, comme si le climat avait enfin retrouvé son véritable mode d'expression. Désormais, il ne serait plus question pour Edith de s'asseoir sur le balcon avec l'intention de se mettre à écrire sur la table de fer peinte en vert. Mais, de toute façon, le manuscrit était resté en panne, destiné, peut-être depuis le début, à être abandonné. Pourtant, jusqu'ici, se dit-elle, j'ai toujours eu assez de volonté pour me remettre à écrire quand je n'en avais pas envie. Comment se fait-il que la recette ne marche plus ? Est-ce parce que j'ai compris que ma façon de faire ressemblait assez à celle du pénitent qui revêt sa haire pour se concilier les bonnes grâces du Seigneur ? Serait-ce la perspective d'un nouvel effort qui me rendrait malade à mourir ? Ou serait-ce celle de ne plus avoir à le fournir qui me paraît, en fin de compte, bien confortable ? Avec nostalgie, elle effleura de la main les feuilles qu'elle avait si soigneusement écrites, puis elle rangea le manuscrit dans sa chemise et fourra celle-ci au fond de son sac de voyage.

Mais ce simple geste l'effraya, comme si elle venait de prendre, sans même en avoir conscience, des décisions définitives. Et sans doute s'agissait-il, en effet, de décisions définitives, puisqu'elle se mit immédiatement à plier et à empaqueter les affaires qu'elle ne comptait plus porter avant son départ, et à emballer pêle-mêle, avec des gestes de plus en plus précipités, ses chaussures, ses livres et son eau de toilette, jusqu'à ce qu'il ne restât plus, pour témoigner de son séjour à l'Hôtel du Lac, que sa chemise de nuit, sa brosse à cheveux et les vêtements qu'elle avait sur le dos. Quand elle estima ne plus rien avoir à faire dans cette chambre, redevenue impersonnelle et prête à accueillir son prochain occupant à la réouverture de l'hôtel, elle la quitta, referma la porte derrière elle et descendit au salon.

Il y régnait également une atmosphère d'abandon qui laissait supposer que la décision de déserter les lieux était générale. Le pianiste, parvenu à la fin de son engagement, s'apprêtait à reprendre son occupation hivernale, les leçons particulières qu'il donnait à des écolières sans aucun don pour la musique. M. Huber, comme toujours vaguement désappointé d'avoir failli au parfait accomplissement d'une tâche d'ordonnateur qui consistait, selon le vœu constant de tout hôtelier, à faire régner l'harmonie parmi ses clients distingués, contemplait son salon vide avec mélancolie. Il sentait se réveiller de vieux rhumatismes dont les élancements lui annonçaient tout à la fois l'hiver et l'exil, car la fermeture de l'Hôtel du Lac l'obligerait à aller vivre dans la villa que sa fille et son gendre possédaient en Espagne et à y languir sous un soleil immuable sans avoir à s'occuper d'une clientèle : il n'était pas doué pour tenir à son tour le rôle du client. Il ne restait plus qu'une semaine avant la fermeture. Mme de Bonneuil serait alors transportée par son fils jusqu'à ses quartiers d'hiver, une *pension** religieuse de Lausanne qu'elle acceptait avec stoïcisme. La dame au chien allait retourner chez elle et, déjà, l'angoisse et l'appréhension altéraient son beau visage. Mrs Pusey et sa fille, que M. Huber aimait de tout son cœur, se feraient conduire en limousine jusqu'à Genève, où elles prendraient l'avion et paieraient une somme fabuleuse pour excédent de bagages, mais il se plaisait à les imaginer passant directement de leur suite douillette à leur tranquille appartement londonien. Une femme charmante, charmante ; la fille, un peu moins distinguée, peut-être. Ils s'enverraient des cartes à l'occasion, car ils restaient toujours en relations. Et si Dieu leur prêtait vie, ils se retrouveraient sans doute l'année suivante. Quant à ses deux autres clients, M. Huber n'y attachait guère d'importance ; ils étaient de trop fraîche date et ils ne reviendraient pas, il le savait.

Les employés de l'hôtel, libérés de la stricte discipline qui les contraignait à se bien conduire, faisaient plus de bruit que d'habitude et bavardaient entre eux sans se cacher. Alain et Maryvonne, qu'unissaient, en fait, des liens de cousinage, allaient repartir pour Fribourg et passeraient leur hiver à travailler dans le restaurant du père de Maryvonne. Comme d'habitude, le directeur élaborait des plans inutiles pour tâcher d'amener son beau-père à prendre sa retraite définitive, tout en sachant bien qu'à l'évidence il ne se retirerait jamais.

Assise dans le salon désert, Edith profita de ce moment de solitude pour se remémorer la soirée de son arrivée. Mais, depuis lors, il s'était passé trop de choses pour que ce souvenir pût lui paraître tout à fait réconfortant. Elle se rappelait pourtant qu'à ce moment-là elle se sentait encore assez de courage, de jeunesse et de détermination pour supporter sans flancher son exil et espérer en revenir saine et sauve. Au début, elle avait considéré cette aventure comme une espèce de plaisanterie ou du moins elle avait voulu la considérer comme telle. Mais, au bout du compte, elle s'apercevait que, pour la première fois, l'expérience l'avait mûrie et que toutes ses décisions à venir seraient prises avec une prudence et un sérieux qu'elle aurait cru ne jamais pouvoir acquérir. Elle allait s'introduire dans un monde que, d'instinct, elle avait reconnu comme ne lui appartenant pas, auquel elle n'avait nullement droit, un monde où, entre autres choses, on plaçait son argent, on réparait son toit, on invitait des gens pour le week-end. Prendrons-nous ta voiture ou la mienne ? C'était l'une des remarques qu'elle avait entendu David faire à sa femme, qui avait presque acquis pour elle valeur de symbole et qui lui avait laissé entrevoir toute la série de privilèges dont ils avaient bénéficié à égalité, chacun de leur côté, depuis l'enfance. Initiés très jeunes aux plaisirs des adultes, intrépides, choyés, gâtés, ne supportant pas davantage l'un que l'autre ce qui pouvait les troubler ou les démoraliser, ils étaient emportés, charmants, enthousiastes et oublieux. Entre leur monde et le sien, il y avait un gouffre presque insondable. Mais Edith, après avoir passé ses années de jeunesse dans le silence et l'ennui, avait appris, pour éviter les déceptions, à ne rien revendiquer et à se familiariser avec les abîmes, ce qui lui permettait encore, en ce moment solennel où le gouffre allait disparaître de son existence, d'en contempler sans frémir toute la profondeur.

Quand elle releva les yeux, la masse d'ombre qu'elle avait aperçue près d'un pilier, à l'autre bout de la pièce, prit soudain la forme de Mme de Bonneuil. Elle devait être là depuis longtemps, les mains serrées sur sa canne. Sa voilette poussiéreuse semait ses dernières paillettes sur le haut d'une robe noire non moins poussiéreuse. Elle aussi semblait méditer sur son changement imminent de domicile. Avec un serrement de cœur, Edith se dit que Mme de Bonneuil n'allait malheureusement pas emménager dans le monde enviable des nantis. Ce qui l'attendait à Lausanne, ce devait être une petite chambre obscure, des repas moins copieux, une domesticité réduite, un train de vie restreint. Et que ferait-elle de ses journées ? Quand on connaissait les rues de Lausanne, comment croire qu'elle pourrait s'y aventurer, même avec une canne ? Et l'hiver serait long, très long. Quand l'apparition des serveurs à la porte du salon donna le signal du dîner, Edith se leva pour aller offrir son bras à Mme de Bonneuil. La vieille femme l'accueillit avec un petit sourire heureux, mais perplexe. Ce fut alors que Monica, pétulante et superbe dans une époustouflante robe rouge feu, apparemment réconciliée avec la vie à la perspective d'un retour chez elle, sortit du bar d'un pas désinvolte en criant : « Attendez-moi ! » Aussi Mme de Bonneuil, dont Alain portait la canne et que soutenaient solidement de chaque côté Edith et Monica, put-elle faire son entrée dans la salle à manger, la tête bien droite, l'air éminemment mondain, en regardant de haut ce qui l'entourait. Lorsque M. Huber se précipita à sa rencontre (« Pas trop tôt ! » dit Monica d'un ton méprisant), Mme de Bonneuil prit le temps de serrer chaleureusement les mains des deux jeunes femmes avant de lui accorder un salut des plus sommaires. Puis, une fois installée sur sa chaise par un serveur prévenant, elle concentra son attention sur le menu. Mais, au cours du dîner, elle garda la tête haute et, de temps en temps, elle eut un sourire.

On en était à la moitié du dîner quand survint Mrs Pusey, vêtue de fin lainage lilas. Edith admira une fois de plus l'effet qu'elle produisait. Sa belle allure, sa blondeur resplendissante et son parfum vaporeux éclipsaient presque entièrement la personne de Jennifer qui, tout en étant magnifiquement harnachée, elle aussi, représentait néanmoins quelque chose de plus rudimentaire, de moins subtil, de moins conscient de ses privilèges, de moins avide de simagrées. Lorsque M. Huber se leva, comme de bien entendu, pour aller à la rencontre de Mrs Pusey et la conduire jusqu'à sa table, Edith, qui observait la scène avec fascination selon son habitude, s'attarda à examiner l'énigmatique Jennifer : insensible au refroidissement de l'atmosphère, celle-ci était encore accoutrée de façon bizarrement provocante, avec un pull de soie bleue moulant au décolleté profond et une culotte blanche bouffante s'arrêtant aux mollets. Ainsi vêtue, elle ressemblait à une adolescente replète et luxueusement attifée qui attend la voiture d'un copain pour aller passer la soirée dans une discothèque à la mode, mais cela ne l'empêchait pas de se montrer aussi attentive que de coutume à l'égard de sa mère et de rester suspendue à ses lèvres comme si rien d'autre n'était susceptible de l'intéresser. Edith, qui continuait à les regarder, les vit déplier leur serviette avec ostentation en attendant que le serveur eût rempli leur verre, prendre un morceau de pain, puis savourer leur potage en fermant les yeux à plusieurs reprises pour en apprécier toute la délicatesse. Elle remarqua que les deux femmes avaient l'air de se croire seules dans la pièce ou de penser que les plats qu'on leur servait avaient été préparés exclusivement pour assouvir leur insatiable appétit.

Quand on revint dans le salon pour prendre le café, Edith eut l'impression que Mrs Pusey la traitait de façon un peu cavalière. Peut-être s'était-elle aperçue, sans daigner faire de commentaire, qu'Edith était rentrée ce soir-là en compagnie de Mr Neville. Quoi qu'il en fût, elle contraignit Edith à l'écouter exposer des projets si vastes qu'ils ne permettaient à personne de placer un mot. Mrs Pusey ignorait d'autant plus la réciprocité que son besoin impérieux de prééminence, jadis assuré par la perfection de sa beauté et la présence silencieuse d'un mari qui l'adorait, était obligé de s'imposer désormais par des méthodes plus brutales. Toutefois, elle ne mit pas la moindre brutalité dans son aimable description du calvaire qui les attendait, elle et sa fille. Il y aurait les bagages à faire, ce qui lui donnait d'avance la migraine, et elle devrait prendre ses dispositions pour que sa gouvernante londonienne leur envoyât une voiture à Heathrow et préparât une petite collation qui permettrait à Mrs Pusey et à Jennifer de se restaurer dans la chambre de Mrs Pusey.

« En rentrant de voyage, je suis une vraie loque », confia-t-elle à Edith.

« Vous n'avez pourtant pas hésité à beaucoup voyager », répliqua Edith.

« Oh ça, c'est à cause de mon mari ! Il voulait que je l'accompagne partout. Il disait qu'il ne pouvait pas supporter d'être séparé de moi, le gros bêta ! »

A ce souvenir, elle se mit à rire. « C'est vite devenu une habitude, voyez-vous. Moi, bien entendu, je ne pouvais jamais partir sans Jennifer. Et elle, elle consent encore à supporter sa vieille mère. N'est-ce pas, ma chérie ? »

De nouveau, elles se serrèrent tendrement la main, puis échangèrent un baiser et un radieux sourire. Jusque-là,

Edith avait trouvé que Jennifer semblait vaguement pensive et que son habituelle indifférence avait l'air de cacher moins de bon vouloir qu'à l'accoutumée. Mais, devant cette démonstration d'amour mutuel, elle crut s'être trompée. J'ai dû me faire des idées, pensa-t-elle. J'ai trop d'imagination, ce soir.

« Quand partez-vous ? » demanda-t-elle.

« Eh bien, nous resterons jusqu'à la fin de la semaine prochaine, si l'on veut bien nous tolérer », répondit Mrs Pusey en gloussant à nouveau.

« Moi, je... » reprit Edith. Mais Mrs Pusey l'interrompit en s'exclamant : « Oh, voilà Philip ! Où donc étiez-vous passé, méchant homme ? Jennifer croyait que vous nous aviez lâchées. Ma chérie, demande à ce qu'on refasse du café pour Philip. Mais pourquoi venez-vous si tard ? »

« J'avais quelques coups de fil à donner, répondit-il aussitôt, apparemment désireux de satisfaire à sa curiosité. Et ça sonnait toujours occupé. »

« Ah, les affaires, les affaires ! dit Mrs Pusey en hochant la tête avec indulgence. Je connais ça. Partout où nous allions, mon mari était pendu au téléphone. J'allais parfois jusqu'à le menacer de faire enlever l'appareil. Je lui répétais : Il ne faut jamais mélanger les affaires et le plaisir. Mais je vous prie de croire que les affaires n'ont pas toujours eu le dessus, du moins quand il m'avait sous la main. »

« Il peut arriver à tout le monde d'avoir certaines dispositions à prendre », dit en souriant Mr Neville.

« Certaines dispositions ? A vous entendre, on croirait que vous allez nous quitter. Jennifer ! Philip est sur le point de nous abandonner à notre sort. »

Cessant de regarder ses ongles, Jennifer leva le nez et sourit à demi.

« Je m'en vais après-demain », déclara Mr Neville d'une voix neutre.

« Dans ce cas, il faut que nous profitions de vous au maximum pendant qu'il en est encore temps ! s'écria Mrs Pusey. J'espère que, demain, vous n'allez pas disparaître à nouveau. Ce matin, nous vous avons attendu des heures, n'est-ce pas, ma chérie ? »

Evidemment, se dit Edith, il fera comme si je n'existais pas tant que je n'aurai pas accepté sa proposition. Il a bien raison. Si je ne l'épouse pas, je suis condamnée à l'inexistence. Et il tient à ce que j'en rende compte. Très bien. Mais, tout d'abord, j'ai quelque chose à faire.

Il y eut un silence et elle comprit que le moment était venu pour elle de prendre une décision.

« Veuillez m'excuser... » dit-elle en se levant.

« Mais oui, Edith, bien sûr ! Bonne nuit, ma chère. »

« Restez assis, je vous en prie », dit encore Edith à Mr Neville, en posant fermement la main sur son épaule sans craindre que ce geste ne fût jugé trop familier. Elle en avait finalement assez de sa propre discrétion. Il aurait tout de même pu dire quelque chose, songea-t-elle, consciente à l'extrême du lourd silence qui accompagnait son retrait. Quant à Mrs Pusey, elle va passer le reste de la soirée à essayer de lui faire dire ce qu'il s'amusera à gar der pour lui. Ma présence ici est inutile.

Elle monta l'escalier d'un pas aussi léger et silencieux que d'habitude, mais elle eut l'impression de traîner les pieds comme un voyageur épuisé par sa route. Et, quand elle se retrouva assise entre les murs rosâtres de sa chambre, l'austérité et le calme de la pièce lui firent reprendre conscience de sa solitude Elle alla finalement s'installer devant la petite table et prit une feuille de papier à lettres.

« David, mon bien-aimé,

« Cette lettre est la dernière que je t'écrirai et la première que je posterai. Je vais épouser Philip Neville. J'ai fait sa connaissance ici. Je vais aller vivre chez lui, près de Marlborough, et il est probable que je ne te reverrai jamais.

« Tu m'es aussi précieux que la vie même. Je sais qu'on ne devrait pas dire des choses pareilles et que tu n'as pas le désir de les entendre. Quand il m'arrive de m'exprimer de cette façon devant Penelope, elle semble atterrée, offensée, comme si mon manque de retenue me bannissait d'emblée de toute bonne compagnie. Il se trouve, en effet, que j'ai trop souvent brûlé mes vaisseaux ou fait des pas de clerc sans parvenir à rien changer à ce que j'étais ou croyais être.

« Je ne suis pas amoureuse de Mr Neville et il n'est pas amoureux de moi. Mais il m'a aidée à voir ce que j'allais devenir si je continuais à t'aimer autant. Je l'avais déjà vaguement compris avant de partir et c'est peut-être pour ça que j'ai joué un bien vilain tour au pauvre Geoffrey. Cette fois, pourtant, il n'y aura pas de fiasco, pour la bonne raison que Mr Neville veillera au grain. Il m'assure que, si je suis ses directives, je vais devenir en un rien de temps une de ces femmes à la page dont l'assurance, l'énergie et, disons, la suffisance m'ont toujours fait envie. Bref, quelqu'un dans le genre de ta femme.

« Sur ce plan-là, je n'ai jamais été très brillante et c'est pourquoi le sort s'est montré particulièrement ironique en me faisant tomber amoureuse d'un homme aussi brillant que toi. Depuis, je n'ai vécu que pour toi. Mais combien de fois t'ai-je rencontré ? Deux fois par mois, peut-être. Parfois plus, quand le hasard nous réunissait. Et parfois moins, quand tes affaires t'accaparaient. Il m'est arrivé de rester tout un mois sans te voir. Je t'imaginais chez toi, avec ta femme et tes enfants. J'en ai souffert. Mais j'ai souffert encore bien davantage lorsque je soupçonnais que quelqu'un d'autre avait éveillé ton intérêt ou ta curiosité, une fille que tu aurais pu rencontrer ie ne sais où, à une soirée, par exemple, comme celle où nous avons fait connaissance. Je ne pouvais alors m'empêcher de dévisager les femmes que je voyais dans la rue, dans l'autobus ou chez les commerçants, pour essayer d'en découvrir une qui aurait pu te plaire. Car, vois-tu, mis à part certains détails, je te connais très bien.

« Je sais, en particulier, que, quels que soient tes sentiments pour moi ou, plutôt, quels qu'ils aient pu être, je ne suis pas ton type, comme disait Swann à propos d'Odette.

« Nous n'avons plus de raisons de nous rencontrer, sauf, bien entendu, par hasard. Mr Neville, qui a déjà une très belle collection de porcelaine de la *"famille rose"*, doit passer une certaine partie de son temps dans les salles de vente et il n'est pas impossible qu'il tienne à ce que je l'accompagne désormais. Mais, comme je l'ai averti que les collections ne m'intéressaient pas, il se gardera sans doute d'insister.

« Je tâcherai d'être pour lui une bonne épouse. Ce n'est pas tous les jours qu'on reçoit une demande en mariage à notre époque bénie, mais il est quand même bizarre que j'en aie reçu deux cette année. Et que je les aie acceptées l'une et l'autre. Evidemment, quelqu'un d'aussi timoré que moi ne pouvait pas résister à l'attrait de la paix domestique. Cette fois, il faut que je fasse une fin. Il le faut absolument, car je crains de n'avoir plus d'autre perspective.

« Tu as peut-être pensé, comme mon éditeur et mon agent, qui m'incitent constamment à donner à mes livres un tour plus moderne, plus sexy, plus palpitant, que j'écrivais mes petites histoires avec ce mélange d'ironie et de cynisme qu'on dit être actuellement l'apanage des romanciers dans mon genre. Alors, tu t'es trompé. Moi, j'ai cru en chacun des mots que j'écrivais. Et je continue à y croire, bien que je me rende compte maintenant que ce dont je parle restera pour moi du domaine du rêve.

« Pendant ces deux dernières semaines, tu avais mon

adresse, mais je n'ai reçu aucune nouvelle de toi. Par conséquent, je ne vois pas pourquoi je te dirais où je vais aller vivre, car je n'en recevrai pas davantage là-bas.

« Je ne sais comment finir cette lettre. Je ne veux pas céder à la tentation de te faire des reproches et des récriminations, parce que je n'en ai absolument pas le droit. Te dire que j'étais une partenaire consentante est assez dérisoire, puisque c'était surtout de mon côté qu'était la bonne volonté. Tu en avais moins que moi.

« Avec tout mon amour, toujours.

Edith. »

La tête dans les mains, elle resta longtemps assise dans le profond silence qui avait envahi la chambre. Elle n'avait plus conscience du présent. Toute son attention, au contraire, était tournée vers le passé, vers les autres moments de son existence où le silence avait été son lot. Le moment où elle était restée debout à sa fenêtre, après le départ de David, l'oreille tendue au ronronnement de la voiture qui s'éloignait. Le moment où, sans ouvrir la bouche, elle avait regardé son père ranger son bureau pour la dernière fois. Elle se revoyait aussi rapporter humblement à la cuisine la tasse de café que sa mère venait de renverser. Et, plus loin encore dans le passé, elle se revoyait, cachée derrière le fauteuil de Grossmama Edith dans le sinistre appartement de Vienne, écoutant sa mère et ses tantes exhaler leur rancœur. Les mots qu'elle parvenait à saisir n'avaient pas beaucoup de sens pour elle. « *Schrecklich ! Schrecklich !* hurlait sa tante Resi. *Ach, du Schreck !* »

Quand elle quitta sa chaise, l'idée lui vint de se coucher. Pourtant, son plus grand désir n'était pas de dormir, mais d'être déjà au lendemain matin pour pouvoir porter sa lettre, car cela l'empêcherait de revenir sur sa décision. Elle regarda sa montre : il était une heure et demie. Elle se déshabilla et s'allongea sur son lit, résolue à ne pas flancher de toute la nuit Elle avait les joues brûlantes, un léger tremblement l'agitait, mais au fur et à mesure que passaient les heures elle finit par se détendre. Sa respiration se ralentit et elle s'endormit.

A son réveil, il faisait encore nuit, mais elle ne put s'empêcher de se lever pour se passer de l'eau sur la figure et sur les mains ; elle aurait tout le temps de prendre un bain un peu plus tard, en revenant. Après avoir relu sa lettre, elle la mit dans une enveloppe, qu'elle ferma aussitôt. Puis elle s'habilla et se brossa les cheveux. Cela lui rendit son calme et elle attendit patiemment qu'il y eût quelqu'un en bas, à la réception, pour lui vendre un timbre. A six heures, incapable d'attendre plus longtemps, elle prit son sac et sa clé, ouvrit très doucement sa porte et sortit dans le couloir.

Par crainte d'éveiller ses voisins endormis, elle avançait avec précaution sur le tapis épais quand elle vit, un peu plus loin, s'ouvrir la porte d'une chambre, celle de Jennifer, d'où sortait Mr Neville en peignoir. Avec une discrétion égale à celle d'Edith, soucieux de ne faire aucun bruit, il referma très lentement la porte derrière lui. Malgré la faible clarté de la veilleuse, qu'on laissait allumée jusqu'au jour, Edith parvint à distinguer avec la plus grande netteté son petit sourire ambigu.

Bien entendu, se dit-elle. Bien entendu.

Elle resta figée sur place en attendant que Mr Neville, inconscient de sa présence, eût tourné le dos et se fût éloigné rapidement le long du couloir.

Une fois rentrée dans sa chambre, elle s'aperçut qu'elle n'était pas très étonnée. Après tout, il lui avait fait l'éloge de l'égocentrisme et il avait évoqué la nécessité où il était de réparer ses blessures d'amour-propre. Peut-être avait-elle écouté avec trop de complaisance ce beau discours. Mais elle avait l'impression d'avoir oublié quelque chose. Et, tout d'un coup, cela lui revint. Quand elle s'était mise à pleurer sur son épaule et qu'il l'avait prise par la taille, elle avait senti qu'il restait de glace. Il l'avait consolée de très bonne grâce, mais il était resté de glace.

Quant à Jennifer, elle faisait sans doute partie de ces distractions sans importance dont il parlait avec tant de dédain. Mais il y avait aussi cette porte qu'elle avait cru entendre s'ouvrir et se fermer en rêve alors qu'elle n'était que mal éveillée, cette porte qu'elle avait cru imaginaire et qui était bien réelle, d'une réalité sans doute trop inquiétante pour qu'elle pût l'accepter.

Elle revit alors le visage de son père, plein de patience. Réfléchis un peu, Edith. Tu viens de faire une erreur d'équation.

Un vague vertige la saisit et elle s'assit sur son lit avec lassitude. Si je devais encore l'épouser, se dit-elle, maintenant que je suis au courant, que je sais à quel point il peut manquer de scrupules, je serais vite changée en statue de pierre ou de porcelaine. Je deviendrais l'un des objets de sa collection. Mais, après tout, il lui manque peut-être une potiche et il a dû penser que je ferais l'affaire. Et, dans ce cas, ces plaisirs, qu'on nomme, à la légère, physiques, resteraient pour moi aussi évanescents qu'ils le sont actuellement et depuis trop longtemps déjà, si longtemps que j'ai compris que je ne pouvais vivre sans eux. Je perdrais ainsi la seule forme de vie que j'ai toujours désiré avoir, même si cette vie-là n'a jamais été mienne au point qu'on puisse la dire personnelle. Et le sourire de Mr Neville, immanquablement ambigu, ne me permettrait jamais de l'oublier.

Au bout d'un moment, elle se releva.

Elle traversa la chambre, prit sa lettre sur la table, la déchira en deux et en jeta les morceaux dans la corbeille à papiers. Puis munie de son sac et de sa clé, elle sortit de la pièce, longea le couloir et descendit au rez-de-chaussée. Dans l'hôtel encore silencieux, le portier de nuit attendait d'être remplacé et bâillait derrière son comptoir en se grattant la tête. A la vue d'Edith, il se redressa et afficha bien vite un sourire de bienvenue matinale.

« J'aimerais que vous me reteniez un billet sur le prochain avion pour Londres, dit-elle d'une voix claire. Je voudrais aussi envoyer un télégramme. »

Quand l'homme eut trouvé la formule dont elle avait besoin, elle s'installa à l'une des petites tables de verre qui étaient dans le hall et se mit à rédiger son télégramme. « Simmonds, Chiltern Street, London W 1. Je rentre chez moi. » Puis, après réflexion, craignant de ne pas être assez précise, elle barra les mots « Je rentre chez moi » pour écrire simplement « Je reviens ».

Aubin Imprimeur
LIGUGÉ, POITIERS

Achevé d'imprimer en octobre 1988
N° d'édition 88084 / N° d'impression L 28951
Dépôt légal, novembre 1988
Imprimé en France

ISBN 2-73-82013-7-7
33-12-5137-01/6